초 록

미 술 관

# 초록

미술관

**펴낸날** 2022년 11월 7일

**지은이** 우승경
**펴낸이** 주계수 | **편집책임** 이슬기 | **꾸민이** 이화선

**펴낸곳** 밥북 | **출판등록** 제 2014-000085 호
**주소** 서울시 마포구 양화로7길 47 상훈빌딩 2층
**전화** 02-6925-0370 | **팩스** 02-6925-0380
**홈페이지** www.bobbook.co.kr | **이메일** bobbook@hanmail.net

ISBN 979-11-5858-901-1 (03810)

※ 이 책은 2022년 충청북도 충북문화재단의 문화예술육성사업 일환으로 지원받아 발간되었
   습니다.

충청북도 CHUNGCHEONGBUK-DO    충북문화재단 Chungbuk Cultural Foundation

누구나 자신과의 소통이 그리운
시간이 있을 테니까

# 초록 미술관

우승경

밥북
B·O·O·K

　이 세상에 존재하는 모든 것은 저마다 존재하는 이유가 있다는 것을 되뇌며 길을 걷다 보면 비로소 새롭게 보이는 것들이 있다.

　비존재가 존재로 다가오고 눈 맞춤 과정에서 그 내재한 가치를 발견한다.

　그때 내게 다가온 모든 것은 일인칭이라는 의미를 띤다. 내게 무덤덤한 일상이 큰 세계로 온다.

2022

우승경

## 3부 소통하는 중

1부

걷다 보면

# 걷다 보면 보인다

걷기는 쉬운 듯 보이지만 간단하지 않다. 마음의 준비가 필요하다. 일어나는 시간을 당겨야 하고 화장하는 시간을 줄여야 가능한 일이다. 걷기도 훈련이 되면 조금씩 나아진다. 지금은 일주일에 서너 번은 걸어서 출근한다.

가끔 신호등 앞에서 신호를 기다리다 같이 출발하던 사람이 훌쩍 앞서 점점 거리가 멀어질 때가 있다. 한 번쯤 따라잡기 위해 어느 때는 뛰듯이 걸어보지만 따라잡을 수가 없다. 시야에서 완전히 사라질 만큼 거리가 생기면 전혀 모르는 사람이지만 어디로 가는지 궁금해진다. 성격이 몹시 급한 사람이구나, 어디로 갔을까? 어떤 직업일까? 방향이 전혀 다르겠지, 하고 상상한다. 그러다 일정 구간에서 나타나는 신호등 앞에 멈춰 서 있는 그분을 보면 아무리 앞서가도 빨간색 신호등이 멈추게 하는구나 싶다.

우리가 살아가는 이치도 이와 같지 않을까. 주식으로 많은 돈을 벌거나 부동산으로 큰돈을 벌어도 어느 순간 원점으로 돌아가기도 하니 말이다. 어디 돈뿐일까. 명예를 위해 달리다가 크고 작은 돌부리에 걸려 멈추는 사람들의 이야기는 뉴스를 통해 자주 접한다. 또한 멈춰 있던 사람 중에 신호등이 초록색으로 바뀌면 앞 거리가 멀어지는 사람도 있지만, 나보다 뒤처지는 사람도 있다. 앞만 보고 걷다가 어쩌다 뒤를 돌아보면 나와 조금씩 사이가 벌어져 멀리서 가물가물 걸어온다. 거리가 먼 것 같지만 초록색 신호등 앞에서 다시 만나게 되는 경우가 대부분이다. 초록색 신호등과 빨간색 신호등은 서로 공존하며 삶의 이치를 깨운다.

사람마다 걷는 모습도 다르다. 한쪽 어깨가 내려간 사람과 올라간 사람, 보폭이 넓은 사람과 좁은 사람, 몸을 똑바로 세우거나 구부정한 자세로 걷는 사람 등, 사람의 수만큼이나 다양하다. 몸을 바르게 세우고 걷는 사람을 보면 왠지 당당하고 자존감이 높아 보인다. 내 자세도 한 번 더 돌아보게 된다.

내가 걷는 길은 몇 갈래의 코스가 있다. 출근길은 최단 거리 코스로 걷고, 퇴근길에는 주로 숲이 조성된 길을 걷는다. 그러다 힘들거나 울적할 때는 시장을 통과하는 길을 선택한다. 시장 가장자리에 펴 놓은 물건을 통해 계절의 변화를 느끼고, 최선을 다해 열심히 살아가는 삶의 현장을 본다. 직접 농사지었다는 할머니께 채소를 사면서 요리법과 삶의 자세를 덤으로 배운다. 할머니의 살아온 이야기를 듣다 보면 어느새 기분이 나아진다.

퇴근 후, 걷기는 느긋하고 여유롭다. 벤치에 앉아 낙엽으로 꽃다발처럼 만들어 보기도 한다. 누군가를 생각하기 좋은 시간이다.

천천히 걷다 보면 지금까지 못 본 것들이 눈에 들어온다. 출근길과 퇴근길이 다르고 같은 길을 걸어도 날마다 다른 풍경이다. 어떤 생각으로 무엇에 집중하느냐에 따라 보이는 것과 마음에 담는 것이 달라진다. 걷기는 마음껏 상상할 수 있고 뒤를 돌아보게 하며 현재의 소소한 즐거움을 자주 경험할 수 있어서 좋다.

걷기 좋은 계절은 가을이다. 내 나이도 가을에 와 있다. 봄에는 빛을 받기 위해 애썼고, 여름에는 꽃을 피우느라 안간힘을 썼다. 이제 퇴근길 같은 인생의 가을에 와 보니 생각이 많다. 지금껏 걸어온 순간순간이 모두 의미 있고 소중하다. 열매의 크기가 작고 보잘것없더라도 아름답게 받아들이고 싶다.

겨울에도 걷기는 계속된다.

# 어머니와 걷는 길

　구순의 어머니가 우리 집에 오셨다. 연말이라 빼꼼한 시간 없이 나는 날마다 약속이 있다. 이번 주말은 약속을 잡지 않았다. ○○○콘서트, ○○○ 작가와의 만남, 지인들과의 식사 약속도 모두 취소하고 어머니와 시간을 보내기 위해서다.

　어머니는 집에 있는 시간이 좋고 편안하다고 하면서도 바람 쐬러 가자고 하면 따라나선다. 우리는 늘 착각하며 사는 것은 아닌지? 노구의 어른들이 따라나서지 않기를 바라거나 함께하는 것이 성가시다고 생각한 것은 아닐까. 얼마 전 모임에서 지인이 하는 말이 생각난다. 지팡이 짚고 다니는 시아버지가 국외여행을 같이 가자고 하는 바람에 깜짝 놀랐다는 거다. 그 말에 대부분의 회원들은 어른이 그러면 안 된다며 며느리 입장에서 옹호했다. 그동안 노인이라는 이유로 소외시킨 일들이 적지 않다. 점점 설 자리가 없어지는 노인들을 보면서 우리 미래의 모습을 보는 것 같아 씁쓸했다.

　어머니는 산책 다니는 것을 좋아하신다. 오빠네 가족이 워낙 잘 모시고 다녀서 그런지 같이 다니는 것에 익숙하다. 모처럼 하늘이 맑다. 겨울이지만 미세먼지가 심해 마음 놓고 다니기가 어려웠다. 드라이브 가자는 말에 싫은 내색 없이 따라나선다. 마스크며, 장갑, 목도리, 외투, 지팡이를 챙긴다. 올봄 고관절에 무리가 가서 다시는 걷지 못할까 봐 걱정했는데 얼마나 다행인지 모른다. 강한 의지로 운동을 꾸준히 하며 스스로 조금씩 걸을 수 있도록 노력한 결과 어머니는 혼자 힘으로 화장실도 다니신다. 딸네 집에 다니실 수 있는 어머니의 건강이 그저 고맙다.

전망이 잘 보이고 의자가 따뜻한 앞 좌석에 앉혀드렸다. 대청댐 가는 길, 하늘은 푸르고 햇살은 아름답다. 꼬불꼬불 물길 따라가는 길에 멀미 안 나느냐고 묻자 걱정하지 말란다. 전망대에서 쉬면서 호떡을 사 먹고, 고양이 무리가 노니는 모습도 보고, 겹겹의 산과 물이 조화롭게 어울리는 모습도 눈에 담았다. 소녀처럼 좋아하신다. 햇살 드는 벤치에 앉아 사진을 찍었다. 사진에 담긴 모습이 환하다.

대청댐 전망대에서 내려와 댐이 있는 곳으로 갔다. 이곳은 가파른 계단으로 되어있다. 어머니는 아흔 계단을 조금씩 오르기 시작했다. 젊은이도 쉽지 않을 것 같은 계단을 걸어서 오르는 모습을 지나는 사람들이 쳐다본다. 걱정스러운 표정으로 데크 산책로를 친절히 알려주는 이도 있다. 어머니는 쉬엄쉬엄 끝까지 올랐다. 올라가 의자에 앉아 쉬며 힘들지 않은지 묻자 이 정도는 까딱없이 다닐 만하단다.

손을 잡고 댐을 걸었다. 어머니는 위대했다. 댐을 둘러보고 내려와 차를 타고 집으로 오는 길에 어머니는 라디오에서 흘러나오는 노래를 따라 불렀다. 계단을 오르락내리락하느라 힘들었을 텐데 전혀 힘든 기색이 없다. 오늘 날씨 너무 좋았다는 말만 연신 하신다. 어머니는 모든 걸 처음 경험하는 어린아이처럼 무엇을 하든 무엇을 보든 정말 좋았다고 표현한다. 딸과 또 하나의 추억을 만들었다는 말과 함께.

어머니와 지낼 시간이 자꾸 줄어든다. 몇 주 후면 대구로 내려가신다. 다음 주말에는 어디를 갈지 미리 정해 두었다. 이른 저녁을 드시고 곤히 주무시는 어머니 얼굴이 해맑은 아이 같다.

# 시간을 넘어

시간으로 보면 삼십 년이 훌쩍 지났다. 함께한 일행들은 나를 배려해주었다. 내게 가고 싶은 곳이 있는지, 해보고 싶은 것이 있는지, 먹고 싶은 것이 있는지, 머물고 싶은 곳이 있는지 의견을 물었다. 오래전에 왔었던 곳, 그것도 신혼여행으로 왔던 곳이니 기억이 가물거렸다. 그때 머물던 호텔과 용두암, 민속촌, 성산 일출봉은 또렷이 기억난다.

우리가 결혼할 때만 해도 국외여행은 지금처럼 보편화되지 않았다. 대부분 제주도로 신혼여행지를 잡으며 여행사를 통해 패키지여행을 다녔다. 그때를 생각하면 힘들기는 했지만 아름다웠다. 신혼부부들이 단체로 여행을 다녔다. 비행기 탑승부터 여행 다니는 동안, 그리고 공항에서 다시 헤어질 때까지 함께였다. 한복을 입고 단체로 사진을 찍기도 하고, 가이드가 포즈를 알려주면 그대로 따라 했다. 머리 손질에 소질이 없는 나는 아침이면 미용실을 찾아다녔다. 중매로 결혼해서 어색했던 사이, 모든 게 서툴고 신기하고 부끄러웠던 시간이었다. 한복과 정장을 번갈아 입으며 불편한 줄 모르고 다녔던 신혼여행.

지금 와서 생각하면 인생은 여행처럼 서툴고 새로운 세상에 대한 발걸음이며 무엇과 마주칠지 아무도 모르는 세상을 향해 떠나는 것이 아닌가 싶다. 그 여행은 즐겁고 설레기도 하지만 때로는 두렵기도 하고 여러 갈래의 길에서 헤매다가 갑자기 멈추기도 한다. 그래서 다른 길로 돌아가거나 목적지가 바뀌기도 한다. 여행은 계획대로 되기보다 돌발 상황이 늘 공존하는 경우가 많다. 남편과 나 사이처럼.

첫날 제주공항에 도착했을 때 제주도가 어떤 모습을 하고 있을지 궁금했다. 먼저 아쿠아플라넷에 갔다. 아쿠아플라넷에서 보면 성산포가 한눈에 들어온다. 각양각색의 물고기가 눈길을 잡았지만, 내 마음은 자꾸 성산포를 향했다. 예전 기억 속으로 자꾸 빠져들었다. 결혼 직전에 샀다는 커다란 카메라와 삼각대를 받치고 셔터를 열심히 눌러대던 남편이 거기 있었다. 서툴렀지만 모든 것에 최선을 다하던 모습이 성실해 보였다. 서로에 대해 아무것도 모르고 만나 살았지만 처음 그 모습 그대로 살아가면서 실망시키지 않는 사람이었다.

다음 날은 용두암으로 갔다. 시간이 많이 흘렀지만 용머리는 그대로 그 자리를 지키고 있었다. 신혼여행 왔을 때 위용 있고 당당하던 모습이 아니다. 지금은 현무암 검은빛이 내 마음 같았다. 용머리에 서서 사진을 찍어봤다. 남편이 막 달려와 내 곁에 선다. 혼자가 아닌 둘이다. 신혼여행 때 신혼부부들이 용머리를 배경으로 서로서로 사진을 찍어주던 곳. 그때 우리 부부의 모습이 궁금했다. 오랫동안 펼

처보지 못했던 앨범이 보고 싶다. 집에 가면 앨범을 봐야겠다는 생각이 들었다. 남편의 나이는 삼십이었고 나는 스물여섯이었다.

우리에게 두 아이가 있다. 우리가 결혼하던 나잇대와 어느새 비슷해진 아이들. 우리 둘이 열심히 살아보자고 맹세했던 것 같다. 아이는 아들과 딸 구별하지 말고 둘을 낳자고도 했다. 그 약속을 지켰다. 그렇게 둘이 아니 넷이서 크게 의견 충돌 없이 잘 지냈다.

셋째 날은 1,100고지를 갔다. 고지에 오르자 바람이 심하게 불고 안개가 밀물 썰물처럼 밀려왔다 밀려가기를 반복한다. 한여름이지만 긴소매 셔츠를 입지 않으면 추웠다. 남편이 곁에 있다면 옷을 벗어 내게 춥지 않게 해주었을 것이다. 남편이 옷을 더 입으라고 다독이는 것 같아 가방에서 가디건을 꺼냈다. 남편이 알아서 해주던 모든 것들은 아름답고 슬픈 추억이 되어버렸다. 습지 탐방로를 산책할 때 사슴 두 마리가 풀을 뜯고 있었다. 가만히 지켜보았다. 둘이라 그런 걸까. 사람이 가까이 있어도 달아나거나 겁먹지 않는다. 평화로워 보였다. 둘이다. 둘은 어떤 두려움도 느끼지 않을 것이다. 서로 용기가 될 테니까. 무엇을 해도 서로에게 힘이 될 테니까 말이다.

혼자가 되었을 때 아무것도 할 수도 볼 수도 없었다. 눈물 흘리는 것밖에 어떤 것도 할 수 없었다. 견딜 수 있을지조차도 자신 없었다. 모든 건 암흑이었다. 그렇게 이만큼의 시간이 흘렀다. 신혼여행을 왔던 곳이고. 남편이 명퇴했을 때 혼자 훌쩍 다녀온 곳도 이곳 제주도

초록 미술관

이다. 혼자 한라산을 오르며 미래 계획을 세우고 돌아왔던 사람이 지금은 내 곁에 없다.

절물 휴양림에서 숙박을 하고 아침 산책을 했다. 삼나무와 곰솔 향이 짙다. 잘 자라 쭉쭉 뻗은 삼나무 사잇길이 걷기에 참 좋다. 걷다가 들마루 위에 앉았다. 잠시 그곳에 누워서 하늘을 본다. 삼나무 사이로 조금씩 얼굴을 보여주는 하늘빛이 곱다. 남편은 내가 제주도에 온 걸 알고 있겠지. 나는 온전히 남편과 함께 여행한 느낌이다. 서로 마주 보며 주고받을 수 있는 대화는 못 하지만 수도 없이 마음으로 말을 건다. 주거니 받거니 함께하고 싶었다.

처음 휴양림 맨발 체험장을 걸을 때 뾰족뾰족 돌멩이 위에 온전히 서 있기가 힘들었다. 천천히 한 발 두 발 디뎌본다. 처음과는 달리 시간이 지날수록 걸을 만하다. 걸으며 뒤를 돌아봤다. 적응되어 가는지 걸어온 길이 조금씩 길어진다.

삼십 년 만에 온 제주도 여행. 삼십 년 이전보다 많은 것이 달라졌다. 나는 이십 대에서 오십 대가 되었으며, 딸 아이는 결혼했고, 손녀가 생겼으며, 아들은 집을 떠나 직장에 다닌다. 무엇보다 큰 아픔이자 변화는 남편이 떠나버린 것이다. 인생도 여행이라고 했던 것처럼 이제 나 혼자 여행을 시작해야 한다. 여행에서 계획은 이리저리 변경해야 할 일들이 생기기도 한다. 그렇지만 여행은 계속될 것이다.

우리 삶이 그러한 것처럼.

# 나무, 귀가 되어주다

혹독한 추위를 이겨낸 살구나무가 조금씩 붉은 빛을 낸다. 길을 걷다 가만히 올려다보면 얼마나 대견한지 살구나무 아래 놓인 의자에 앉아 나무를 만져본다. 올겨울 얼마나 추웠던가. 눈이 며칠 사이로 반복해서 쌓이는 걸 다 받아내고 이렇게 다시 봄을 맞아가며 꽃망울을 금방이라도 터트릴 듯하다. 대견함이 자꾸 내 눈을 잡는다.

내가 유독 살구나무에 집착하는 이유는 따로 있다. 지난해 새 학교로 전근을 하고 힘들 때마다 살구나무에 말을 걸며 다녔다. 전혀 해본 적 없는 업무를 시작해야 하는 부담감과 선임이 워낙 잘했던 자리라 마음이 편치 않았다. 사람들도 낯설고, 처음 맡은 업무도 적지 않아 위축되기만 했다. 말 붙이기도 어렵고 물어볼 곳도 없이 혼자 뚝 떨어져나온 빙하 조각처럼 표류했다. 지금까지와 완전히 다른 일을 하는 것처럼 낯설었다. 사실 낯선 정도가 아니라 완전히 달랐다. 날마다 한숨 쉬며 다녔다. 이동하기 전에 이 사람 저 사람한테 어떻게 하면 좋겠냐고 잡고 늘어졌다. 주변 지인들이 더 걱정했다.

예쁜 화분을 보내주고, 힘내라고 맛있는 것을 사주며 용기를 주지만 즐거움도 기쁨도 느끼지 못하고 늘 입맛은 없었다. 하루하루를 겨우 겨우 견뎠다.

살구나무 터널을 삼십 분 정도 걸으면 도착지점이 되는 직장과 출발지점이 되는 집이 있다. 살구나무한테 날마다 그만두고 싶다고 푸념했다. 마음속에 숙제를 잔뜩 안고 걸으며 투덜대는 나를 보고 꽃망울로 위로하고, 꽃으로 향기를 주고, 보석 같은 열매를 보여주고, 달콤하고 향긋한 노오란 살구를 보여준다. 살구나무도 사계절을 지나면서 성숙한 모습을 보여주듯이 내게도 할 수 있다고 용기를 주는 듯했다. 오고 갈 때 살구나무 아래 벤치는 늘 내게 자리를 주고 쉬어가라고 다독였다. 퇴근 때 자주 벤치에 앉아 멍때리고 있었다. 주변이 어두워질 때까지 살구나무와 시간을 보냈다. 어둑해진 벤치에 핸드폰을 두고 온 적도 적지 않다. 울며 다녔던 길에 살구나무는 내게 소중한 친구가 되었다.

한 해가 흘렀다. 돌아보면 살구나무 길은 내게 얼마나 큰 위로가 되었는지 모른다. 그래서일까. 올해는 유독 아름답고 사랑스럽다. 이제는 나도 단단해졌다. 모든 것이 낯설었던 처음과 달리 일에 제법 익숙해졌고 차츰 모르는 것을 물어볼 수 있는 동료도 생겼다. 힘에 겨우면 도와달라고 부탁도 한다. 그때 비하면 지금은 적응 능력이 생겼다. 뭐든 하면 될 것 같은 생각으로 조금씩 바뀌었다. 자신감도 생겠다. 모든 것은 직접 해보고 배워서 익혀야 내 것이 된다는 것도 알았다. 새로운 일을 접하지 않았다면 편하게 지냈을지는 모르지만, 성취감과 일의 가치는 느끼지 못했을 것이다. 뭐든 역으로 생각하면 단점이 장점이 될 수 있다는 것을 알았다.

세상에는 꽃길만 있기를 바라거나 언제까지 꽃길이 있다는 생각은 버려야 한다. 꽃은 꽃을 피우기 위해 또 얼마나 많은 시련을 겪겠는가. 혹독한 겨울을 이겨냈을 때 꽃의 향기와 빛깔은 더욱 선명해지는 것이 아닐까. 나도 훗날 나 자신을 다독이며 그때 잘 참고 견뎠다며 이야기할 시간이 오겠지. 조금만 더 걸어가면 살구 꽃길이 나온다.

초록 미술관

# 버찌가 익는 시간

손녀가 오는 주말에는 늘 다니는 코스가 있다. 마스크를 쓰고 신발을 신고 물과 손수건을 준비해서 엘리베이터를 탄다. 엘리베이터 버튼은 꼭 다섯 살 손녀가 누른다. 글자는 잘 모르지만 1이라는 숫자와 10이 넘어가는 할머니 집 버튼은 잘도 찾는다.

손녀는 잡기 놀이를 좋아한다. 가위바위보를 하면 항상 손녀가 이긴다. 무조건 할머니를 따라오게 하고 도망간다. 도망가다 불리하면 동그란 표시가 된 선 안으로 쏙 들어가서는 "요기 들어가면 못 잡는 거야" 하며 멈춘다. 어찌나 잘 뛰는지 따라다니면 내가 먼저 지친다. 놀이터에서 실컷 뛰다 힘들면 쉬었다가 아파트단지를 한 바퀴 돈다.

버찌가 제법 굵고 까맣게 익어간다. 하나 따서 입에 넣는다. 그걸 본 손녀가 "할머니 먹는 거야? 나도 줘" 한다. 하나, 둘 따서 입에 넣어줬더니 제법 잘 먹는다. 맛있다며 다 먹고는 "또 줘", "또 줘"를 반복한다. 그러다 보니 어느새 손 닿는 곳에는 동이 났다. 잠시 시소에 앉혔다. 버찌가 그렇게 맛있냐고 묻자 너무 맛있다며 자꾸 먹고 싶단다. 이번 주가 지나고 다음 주 즈음에는 버찌도 다 떨어지거나 말라 버릴 것이다.

비교적 차도 다니지 않고 손 닿는 곳으로 자리를 옮겼다. 버찌를 먹고 씨앗을 누가 더 멀리 보내는지 시합도 하고 그림도 그렸다. 그렇게 놀다 벤치에 앉았다. 입 주변이 보랏빛으로 변했다. 마스크도 보라, 손도 보라, 입술도 보라, 온통 보랏빛이다. 그렇게 하나, 둘 또 먹게 되었다. 둘이 어찌나 웃었는지 눈물이 찔끔찔끔 났다. 혓바닥을 내밀어 보라고 했더니 손녀도 보고 싶다며 사진을 찍어 보여달란다. 처음에 사진을 찍어서 볼 때는 둘이 배꼽을 잡고 웃었는데 몇 번이나 다시 보여달라고 하더니 갑자기 표정이 심상치 않다. 금방 울 것 같다. 왜 그러냐고 묻자 조금 무섭다며 사진을 지우고 싶어 한다. 버찌는 맛있는데 온통 물든 입안과 혓바닥은 마음에 안 들었던 모양이다.

집에 들어와서 우유를 마시며 몇 번씩 확인한다. 아직도 보랏빛이냐고 물어서 이제 다 지워지고 없다고 했더니 안심하는 눈치다. 그렇게 빨리 지워지지 않는다고 말하면 놀랄까 봐 손녀를 안심시켰다. 딸과 사위가 알면 더 놀랄 일이다. 아이에게 별걸 다 먹였다며 타박을 할지도 모른다. 둘만의 비밀로 하기로 했다.

며칠 지나고 딸한테 전화가 왔다. 할머니가 먹어도 된다고 했다면서 놀이터에서 친구랑 놀다가 버찌를 따 먹더란다. 손녀를 따라 친구들도 하나, 둘 따먹기 시작해서 그 모습을 본 어른들이 말리며 먹지 말라고 해도 할머니가 괜찮다고 했다며 계속 따 먹어서 민망했단다.
웃으며 아이는 그렇게 크는 거라고 큰소리쳤다. 역시 손녀는 내 왕팬
이다.

# 꽃이 슬프다

벗꽃이 말을 건다. 카메라로 대답하는 사람, 함박웃음으로 말을 하는 사람, 손을 잡고 각자의 모습으로 벗꽃과 말을 나눈다. 나는 어떤 말을 할까? 잠시 꽃 아래 의자에 앉아본다. 몇 번이나 말을 하려고 입술을 달싹거려 보지만 마음뿐이다. 갑자기 눈에서 눈물이 흐른다. 마음이 먼저 말을 건다. 그렁그렁한 눈에 꽃이 들어와 감긴다.

너무나 짧게 피었다 지는 벗꽃이다. 피었나 싶으면 어느새 봄눈처럼 내리는 꽃잎. 우리가 사는 것도, 살아온 것도 꽃이 피고 지듯 찰나처럼 느껴진다. 벗꽃처럼 화사하던 시절은 너무나 빨리 지나가고 사랑하는 이도 벗꽃처럼 떠났다.

올해도 꽃이 피었다. 해마다 벗꽃은 늘 꽃을 피우는 약속을 지킨다. 그뿐 아니라 그 자리에 있는 것만으로 사람들과 벌에게 희망을 준다. 그리고 꽃 진 자리에 파란 구슬 같은 열매를 달고 자연을 품어 아름다운 빛을 내며 버찌를 익힌다. 그렇게 분홍빛 꽃과 보랏빛 버찌는 땅에 사는 생물에게 나눠주고 사람에게 추억으로 탄생한다. 꽃이

필 때처럼 잎이 돋고 버찌가 떨어질 때도 벚나무 근처를 서성인다.

우리 부부는 무심천에 있는 벚나무의 사계와 함께, 산책 코스로 둘이 늘 붙어 다녔다. 해마다 아름다운 추억을 쌓아갔다. 그런데 무심천 벚꽃은 어느 순간 그리움으로 바뀌어버렸다. 지금까지 벚꽃을 보면서 지나간 시간이 얼마나 아름다웠는지 아름다울 때는 아름답다는 생각을 못 하고 지낸 것에 대한 그리움이 밀려온다. 지금도 꽃을 보지만 예전의 그 꽃은 아니다. 늘 함께였던 그에 대한 그리움이 깊다.

꽃을 본다. 벚꽃처럼 곁에 있는 것만으로 힘이 되고, 내게 꽃을 피우게 한 그가 없다. 떠난 후 한동안 멀리서 바라봤을 뿐 가까이 가지 않았다. 그날 이후 걸음을 옮기기 힘들었고, 참새처럼 조잘거리던 나는 말과 웃음도 잃어버렸다. 넓은 하늘이 되어줄 테니 마음껏 날아 보라던 남편, 어떤 말과 행동을 해도 잘하고 있다는 추임새를 넣어주고, 위축되지 않게 가능성과 용기를 주던 남편, 곳곳에 발자국이 남아 있어 걷기가 힘들다. 무심천 꽃길이 해마다 쌓아놓은 추억으로 가득하다.

꽃 피는 봄이 오면 아프다. 아물지 않은 그리움으로 몸살을 크게 앓는다. 꽃이 예쁘게만 보이던 시절은 다시는 오지 않을지도 모른다. 결코 돌아갈 수 없는 과거가 되어 가슴을 아리게 한다. 그가 떠나고 날마다 일기를 쓰고 날마다 현실을 인정하기 위해 노력을 해도 깊이 박힌 상처는 쉽게 아물지 않는다.

꽃 속에 그가 있다. 꽃을 보고 있을까. 꽃이 되었을까. 아프고 안타까워 꽃을 더는 볼 수가 없다. 점점 사람들이 모여든다. 중년 부부가 손을 잡고 다니는 모습에 한동안 넋이 나갔다. 정신을 차리고 서둘러 발길을 돌린다. 예전에 보던 그 꽃이 아니다. 그리움과 슬픔이 꽃 속에 가득하다.

# 목소리 보약

"윤두리 씨, 뭐 하슈? 막내딸이유."
"아 그래요, 사랑하는 막내딸 우승경 씨네요."

어머니의 연세는 아흔 중반을 바라본다. 어머니 목소리를 들을 수 있고 내 말이 어머니 귀에 닿아 소통할 수 있음에 늘 감사하다.

몇 년 전 함께 근무하던 상사는 출근하면 바로 부모님께 전화 통화를 하고 난 뒤 일과를 시작했다. 그 모습이 낯설고 궁금했다. 매일매일 무슨 할 말이 그렇게 있을까, 일상이 한결같지 않을까, 하는 생각이 들어서다. 왜 그렇게 날마다 전화하는지 물어봤다. 부모는 자식의 안부가 항상 궁금하지만, 바쁜 일과를 보내는 자식에게 방해가 될까 선뜻 연락하지 못하고, 자식이 먼저 목소리 들려주는 것을 무척 좋아한다는 것이다. 나이 들면 하루하루의 생활이 달라질 수 있어 자주 연락하여 안부를 물어봐야 한다고 덧붙였다.

평소 나는 무소식이 희소식이라는 생각으로 특별히 할 이야기가 있을 때를 제외하고는 연락하지 않는 편이다. 더구나 어머니는 오빠네 가족과 지내고 계시니 자주 연락할 필요가 없다고 생각했다. 이런 내게 그분의 모습은 생각을 바꿔주었다. 매일은 아니더라도 가끔 한 번씩 어머니께 전화를 드렸다. 처음에는 딸한테 무슨 일이 생겼나 싶어 놀라셨지만 안부 전화라는 말에 차츰 안도하며 좋아하셨다.

처음 안부를 묻던 날 어머니의 목소리는 너무나 밝았다. 아침부터 까치보살님이 와서 반가운 소식을 전하더니 막내딸한테 전화 왔다며 카랑카랑한 목소리가 하늘 높이 올라갔다. 그날 이후 일주일에 한 번 통화하는 날로 정했다. 통화할 때마다 어머니의 목소리는 보름달처럼 환했다.

어머니는 딸이 전화하는 요일과 시간대를 기억하고 계신다. 하루는 매번 하던 요일을 벗어나 그 전날 전화를 드렸다. 원래 하는 날이 아니라서 딸내미 목소리를 못 들을 뻔했다며 반색했다. 딸한테 전화 오는 날과 코로나 백신을 맞으러 가는 날이 겹쳐 걱정하고 계셨단다. 연락하기를 잘했다. 시간이 지날수록 내가 생각하는 이상으로 어머니는 전화를 기다리셨다.

어머니는 나이 들어가면서 자식들 목소리 듣는 것보다 더 큰 보약은 없다며 통화 때마다 보약 줘서 고맙다는 말을 빼놓지 않으신다. 목소리 들려주는 것이 보약이라면 얼마든지 드리고 싶다. 차츰 횟수가 거듭될수록 할 말이 없을 줄 알았던 대화는 점점 더 깊고 길어진다. 자주 근황을 주고받다 보면 사소해 보이는 것까지 자세히 말하게 되고 목소리에서 서로의 마음까지 읽는다. 어머니는 일주일 동안 할 얘기를 모았다가 선물 보따리를 풀 듯 신명나게 풀어놓으신다. 그 선물을 한 아름 받는다. 어머니의 목소리는 내게도 보약이고 선물이다.

어머니는 뉴스를 꼭 챙겨보시는데 그 이유가 자식이다. 전국 각지에 흩어져 지내고 있는 사남매의 지역 상황을 뉴스를 통해 읽어낸다. 자식들이 사는 곳에 몇 명이 코로나에 감염되었는지 일일이 확인하고는 통화할 때마다 조심하라고 당부하신다. 나는 이런 어머니 마음을 얼마나 헤아렸을까. 건성으로 잘 알겠다 대답하고 노인의 지나친 걱정으로 치부해 버린 적도 많다. 우리 아이들이 장성해 객지에 나가 생활하고부터 뉴스를 봐도 자식이 사는 지역 뉴스에 눈과 귀가 안테나처럼 서 있는 나를 본다. 그제야 어머니 말씀이 어떤 의미인지 이해된다. 소중한 것이 무엇인지 놓치며 살아가는 자식과 달리 부모는 오직 자식만을 가슴속 깊이 안고 살아간다.

우리가 살아가는데 똑같은 하루는 없다. 그렇게 느끼거나 그렇게 보일 뿐이다. 그리고 다음은 쉽지 않다. 때는 기다려주지 않는다. 영원한 것은 없다. 이제는 통화할 때마다 내 목소리 톤은 조금씩 조금씩 올라가고, 어머니께서 되묻는 횟수도 는다. 한쪽 눈은 실명한 지 오래고, 잇몸으로 음식을 드시지만 살아계시는 동안 자식을 위해 해줄 수 있는 것은 오직 기도뿐이란다. 날마다 경전을 독송하고, 자식들이 건강하고 꽃처럼 피어나 만나는 모든 사람으로부터 사랑과 존경을 받고, 남에게 배려하는 사람이 되기를 바란다는 기도 말을 잊지 않으신다. 이렇게 어머니는 자식이 성장하고 타인의 삶에 긍정적인 영향을 주면서 행복하게 살아가기를 기도하고 계신다.

"딸내미 바쁠 건데 또 전화했네. 오늘도 보약 한 재 먹었네. 전화해 줘서 고맙데이."
"어머니, 저에게도 보약 줘서 고마워요. 사랑합니다! 어머니."

보약 속에는 부모도 자식도 건강하게 잘 지내고 있다는 약효가 들어있다. 어머니께 보약을 오래오래 드리고 싶고 나도 그 보약을 오래오래 받고 싶다.

# 내 삶의 나침반

'지모'가 뭉쳤다. 우리는 안면도로 향했다. 먼저 도착한 곳은 간월 암이다. 내륙에 살아서인지 바다를 보면 설렌다. 간월암은 섬 자체가 오롯이 절이다. 사면이 모두 바다인 간월암은 풍광이 멋지다. 그곳에 서 기도하면 뭐든지 이루어질 것 같다. 대웅전에 들어가 부처님 앞에 한동안 앉아있었다. 절에 갈 때마다 간절하게 비는 것이 있다. 침체 된 나를 다잡아 한 발짝이라도 나아가는 것.

간월암을 나와 간월항 근처 등대에 서서 절을 바라보니 또 다른 모 습이다. 어디에서 보느냐, 어떤 마음으로 보느냐, 누구와 보느냐에 따라 만 가지 형상이 된다는 말이 생각난다. 오랜 세월 함께한 친구 들 역시 아름다운 풍경이다.

소나무 문학인의 집에 도착했다. 함께 간 친구 중 한 명이 집필실 로 쓰는 곳이다. 여장을 풀고 저녁 먹으러 나갔다. 회를 먹고 꽃지해 수욕장으로 가서 일몰을 보고 싶은데 날씨가 흐렸다. 꽃지해수욕장 이름은 많이 들었지만 처음이다. 우뚝 선 봉우리 두 개가 나란히 서 있는 곳까지 걸었다. 사진도 찍고 이야기도 나누며 걷다 보니 어둠이 내린다. 바닷가에 앉아 밤바다에 눈길을 보낸다. 어둠이 내릴수록 이야기는 깊어진다. 문학적인 표현이 뛰어난 친구들이다. 듣기만 해도 좋아서 시간이 천천히 가길 바랐다.

숙소에는 친구와 함께 활동하는 문 작가가 와 있다. 그와 자정이 되도록 이야기를 나눴다. 파란만장 살아온 이야기보따리를 풀어놓았다. 자서전으로 쓴 수필집 한 권과 역사동화 한 권을 선물 받았다. 그의 삶 자체가 드라마고 소설이다.

지모 넷이 처음 만난 건 이십오 년이 넘는다. 강산이 두 번 바뀌고 넘는 시간 동안 함께 했으니 짧지 않은 시간이다. 처음 글쓰기 강사를 하면서 모임이 결성되어 이름을 지모(지성과 미모)로 칭하고 서로 생일을 챙기고 기쁜 일과 슬픈 일을 나누며 지금까지 함께 지낸다. 나이는 한 살씩 차이가 나는데 내 나이가 가장 많다. 셋은 전업 작가로 활동하며 소설, 동화, 동시로 각각 이름을 알리고 있다. 셋은 꾸준히 갈고 닦아 명성 높은 작가가 되었다.

어디를 가든 수다 떠는 것을 좋아하고 아는 척도 많이 하지만, 이 모임에 오면 말수가 적어진다. 시간이 갈수록 세 명은 고속도로를 달리고 있다면 나는 아직 비포장도로에서 헤매고 있는 것 같다. 이런 모습에 지모 친구들은 할 말이 많았나 보다. 내게 해주고 싶은 이야기를 술술 풀며 밤을 새웠다.

초록 미술관

작가는 아마추어가 아니고 프로다. 프로가 되기 위해서는 그에 따른 책임과 실력을 지녀야 하고, 철저한 몰입과 집중이 필요하다. 자기만의 샘을 파야 하며, 매일 읽기와 쓰기를 해서 문장을 강화해야 한다. 프로는 태도의 차이이기도 하다.

나는 사람 만나기를 좋아한다. 모임이 많아 늘 시간이 없다는 말을 해왔다. 이는 작가의 자세가 아니다. 친구들은 인간관계도 간소화할 필요성이 있다고 말한다. 사람을 자주 만나는 것도 좋고 필요하겠지만 독서와 사색의 시간이 필요함을 강조한다.

지모 친구들은 작가는 어떤 마음가짐으로 살아야 하는지, 자신을 어떻게 갈고 닦고 있는지, 주변과의 관계는 어떻게 해야 하는지, 쓰기와 읽기를 날마다 해야 하는 이유까지 다양하고 깊은 이야기를 끝없이 나눴다. 소중한 시간이다. 시간은 달려 아침을 맞지만 밤새 나눈 대화는 또렷하다.

아침밥 준비하는 문 작가의 소리가 들린다. 나와 같이 늦은 나이라는 공통점이 있지만 문 작가는 다르다. 일흔을 바라보는 문 작가는 엄청난 노력을 하고 시와 수필을 거쳐 동화를 쓰기 시작해 결국 동화에서 빛을 본 분이다. 집필한 책이 삼십여 권이라고 하니 얼마나 노력하는 분인지 짐작 가고도 남는다. 그들이 그 반열에 오르도록 나는 뭘 했을까. 안면도에서 친구들에게 지금도 늦지 않다는 힘을 얻는다.

안면도 마지막 행선지로 두여해수욕장과 밧개해수욕장을 들렀다. 비는 내리고 갈매기들이 아침조회 하는 듯 엄청난 숫자가 바다 입구에서 가만히 우리를 본다. 나는 해수욕장을 걸었다. 몽돌은 어떻게 몽돌이 되었으며 모래는 어떻게 모래가 되었는가. 끊임없이 파도가 파도를 움직여 작품을 만든 게 아닌가. 나는 밤새 친구들과 나눈 이야기를 새기겠노라고, 나를 가꾸겠노라고, 안면도를 다녀가면 분명 달라질 거라고, 지금까지의 그릇된 습관과 아마추어적인 태도를 모두 바다에 버리고 갈고 닦으리라. 과거에 얽매어 자꾸 뒤로 걸을 수만은 없다. 그러면 과거만 있고 현재와 미래는 없다.

지모 친구들이 소중하고 자랑스럽다. 곁에서 동반 성장해 나갈 수 있는 친구들이 있어 든든하다. 문학이라는 공통점으로 모인 이 모임은 내게 튼튼한 동아줄이며 내 문학의 나침반이다.

# 지금이 꽃피는 순간

어버이날 아들이 내게 여행을 제안했다. 어디 가고 싶은 곳이 있냐고 묻는 말에 봉화에 있는 청량산을 가자고 했다. 그렇게 결정하고 봉화 일대를 검색했다. 먼저 다녀온 지인이 있어 추천을 부탁했다. 친절하게 숙소와 음식점까지 알려준다.

여행은 일상에서 잠시 떠난다는 사실만으로도 설레고 행복하다. 아들과 함께한다는 것은 더없이 기쁘다. 많은 비가 내렸다. 평소 가보고 싶던 청량산에 있는 청량사로 향했다. 날이 궂어도 아이처럼 설렌다. 연휴라지만 사람들이 드문드문 보였다.

산세가 참으로 신비롭다. 뾰족한 산봉우리가 청량사를 둘러싸고 솟아 있다. 절은 내려올 때 둘러보고 먼저 구름다리를 가보자고 했더니 아들의 눈이 동그랗다. 올라갈 수 있겠냐고 묻는다. 신발도 운동화가 아닌 데다가 평소 등산을 거의 하지 않는 엄마를 잘 아는 듯했다. 무리하는 것 아니냐고 몇 번을 묻는데 갈 수 있다고 한사코 고집을 부렸다. 아들은 온통 엄마한테 맞춰 주고 싶은 표정이 역력했다.

끝도 없이 산을 올랐다. 금방일 것 같은 표지판은 다 엉터리처럼 느껴졌다. 올라갈수록 구름과 안개와 비로 앞이 잘 보이지 않았다. 가파른 계단을 오르며 우산을 폈다 접기를 반복했다. 구름이 산으로 내려앉아 한 치 앞도 보이지 않다가 갑자기 구름이 싹 사라지기도 했다. 올라갈수록 사람은 찾아볼 수가 없다. 열심히 살아서 어느 지점까지 왔다 싶으면 또 다른 난관이 있는 것처럼 산을 오르고 내리는 일이 우리네 삶과 닮아있다. 그러나 누군가와 함께 가는 길은 큰 힘이 된다. 그 함께는 누구나 될 수 있지만, 가족의 힘이 가장 크다.

한동안 오르다 보니 구름다리가 나왔다. 산과 산을 이으며 다리는 길고 웅장하다. 청량산 구름다리는 매체를 통해 들어본 적이 있다. 다리 입구에는 만들어진 시기와 길이 등 설명이 잘 되어있다. 그마저 바람에 펄럭이고 다리에서 나는 바람 소리는 어찌나 큰지 귀신이 꼭 이런 소리를 낼 것 같았다. 무섭지만 소지품을 입구에 내려놓고 아들 팔을 꼭 잡고 한 발 한 발 내디뎠다. 윙윙 웅웅 울리는 다리 위 바람 소리와 끝도 없는 낭떠러지로 빨려갈 것 같아 아래는 도저히 볼 수가 없다. 아들은 손을 꼭 잡으며 괜찮겠냐고 묻는다. '그럼 아들이 곁에 있는데 뭐는 못 할까'라며 호기를 부렸다. 사실 오금이 저려 쓰러질 것 같았지만 언제 또 건너볼까, 하는 마음으로 악착같이 버텼다.

산을 내려오다 보니 신발이 늘어졌는지 발이 들락날락한다. 구름다리에 올랐다가 청량사로 내려오는 길에 초등학생 아이 둘을 데리고 올라가는 어머니를 만났다. 구름다리가 어디쯤 있냐고 묻는다. 어떻게 대답해야 할까. 멀다고 하기도 가깝다고 하기도 곤란하다. 기특하기도 하지만 올라가는 길이나 시간이 만만치 않음을 알기에 얼렁뚱땅 웃음을 보내고 내려왔다.

청량사로 내려와 대웅전에 한동안 앉아있었다. 발가락이 욱신거린다. 청량사의 봄은 온통 꽃밭이다. 내겐 아들과 함께하는 지금이 꽃 피는 순간이다. 후들거리는 다리로 겨우 내려오는데도 뿌듯하고 마음이 꽉 찬다. 엄마 마음을 읽었는지 곳곳에서 셔터를 눌러준다. 어느새 사진 기술도 배워 뒀다고 한다.

아들이 숙소를 전통 한옥으로 예약해 두었다. 오랜 전통 가옥으로 들어서자 주인은 차와 홍시를 내온다. 독립운동가 집안이라며 잘 간직하고 있다는 오래된 물건과 독립운동을 한 배경을 들려준다. 전통 가옥을 유지하는 어려움과 애정도 느낄 수 있었다. 전통을 지키면서 한옥 체험을 하게 하는 민박집. 이런 분이 있어 우리 문화와 전통이 유지되고 이어질 수 있는 게 아닐까 싶다. 주인의 배려와 아들의 배려로 편안한 잠과 휴식에 큰 도움이 되었다. 청량산에 올라 피곤했던 몸은 다 풀린 듯 가볍다.

엄마가 원하는 것을 싫다는 내색 없이 다 받아주고 여행을 기획해 준 아들이 고맙다. 이번 여행이 정말 좋았다는 표현을 자주하며 넌

지시 다음에 또 오고 싶다는 사인을 보냈다. 알아들었는지 모르는 척하는 건지 알 수 없지만 아들 표정이 밝다.

초록 미술관

# 눈이 내린다

눈이 자잘하게 쉼 없이 내린다. 출근을 서둘렀다.

눈을 맞으며 길을 걸으니 어린 시절로 돌아간 것처럼 기분이 좋다. 산골에서 자란 나는 눈을 보면 함께 놀던 친구들이 떠오른다. 지금은 흰머리도 더러 나고 할머니, 할아버지 소리를 듣기도 할 친구들.

산골의 겨울은 깊다. 눈이 쌓여 다리가 푹푹 빠지고 집집마다 눈을 밀어내는 도구 몇 가지는 다 가지고 있다. 넓은 마당에 쌓인 눈을 치우려면 싸리 빗자루 몇 개는 부러트려야 끝이 난다. 어른들한테는 눈 치우기가 힘든 작업이지만 우리는 신이 난다. 마당 입구에 산처럼 쌓아둔 눈으로 미끄럼틀을 만든다. 미끄럼틀은 길고 넓다. 마을에는 눈 미끄럼틀이 군데군데 생긴다. 이집 저집 몰려다니며 실컷 타고 논다.

그렇게 놀다가 더 긴 미끄럼틀을 찾아 빈 비료 포대를 들고 동네 앞 경사진 밭으로 이동한다. 거기서 시간 가는 줄 모르고 놀다 보면 부모님들이 "○○야, 저녁 먹으러 안 오나" 하고 동네가 떠나가게 큰 소리로 부른다. 그때야 "너네 엄마가 부른다" 하면서 슬슬 집으로 돌아간다. 손발은 꽁꽁 얼고 터서 피가 난다. 그러면 어머니는 소죽을 끓이는 솥 안에 스테인리스로 된 대야 가득 물을 넣어 둔다. 뜨거워지면 대야를 꺼내서 손을 담근다. 빨갛게 언 얼굴과 툭툭 터지는 손발은 늘 겨울방학이 끝날 때까지 계속된다.

하루는 오빠를 따라 토끼몰이를 갔다. 따라오지 말라고 소리소리 지르는 오빠를 보고 나한테 잘못한 거 엄마한테 일러바치지 않을 테니 데려가 달라고 통사정을 했다. 오빠 친구 대여섯 명이 긴 막대기 하나씩 들고 뒷산으로 향했다. 나보고는 촐랑대지 말고 가만히 지켜보라고 했지만 나는 토끼 발자국과 똥을 숨은 그림 찾듯 잘 찾아냈다. 그야말로 동요에 나오는 하얀 눈 위에 토끼 발자국이었다. 흰 눈에 폭폭 찍힌 토끼 발자국을 따라 멈추는 데까지 가보는 재미가 쏠쏠하다.

어느 날은 굴속에서, 어느 날은 뒷산을 넘어 가버린 곳에서 토끼 흔적을 찾았다. 토끼의 흔적을 눈은 고스란히 우리에게 알려주었다. 토끼는 그것도 모른 채 눈 위를 열심히 달렸을 텐데 작은 흔적까지 눈은 술래가 되어 찾아냈다. 눈 덕분에 오빠들은 토끼몰이에서 개선장군처럼 마을로 내려왔다. 갈 때마다 따라나서던 나를 오빠는 더는 귀찮아하지 않았다. 우리의 겨울은 눈과 함께였다.

눈과 같이 걷다 보니 이제 몇 미터 앞에 도서관이 보인다. 눈은 예나 지금이나 반갑고 설레게 한다. 특히 눈에 대한 추억이 깊을수록

초록 미술관

눈을 대하는 마음은 달라진다. 요즘 아이들이 내 나이가 되면 눈에 대한 어떤 추억을 떠올리게 될까.

눈이 계속 내린다. 입춘이 지나 내리는 눈이라 오래 볼 수 없을 것 같아 마음이 쓰인다. 도서관에 도착해서도 창문으로 자꾸 눈에 눈이 간다. 아이들이 운동장으로 나와서 눈싸움을 한다. 아이들이 점점 많이 나온다. 운동장이 꽉 찬다.

눈 속의 친구들, 토끼 발자국, 빨갛게 늘 얼어있던 볼과 손발, 신나게 타던 미끄럼틀, 엄마가 밥 먹으러 오라고 부르던 모습이 고스란히 그려진다.

# 내게 말을 건다

걷는 걸음마다 신발에 노오란 살구 과즙이 묻어난다. 땅을 보지 않고 걸으면 미끈미끈 온통 살구 범벅이 된다. 살구는 바로 코앞에서 딱! 소리를 내며 떨어지기도 하고, 머리 위로 떨어져 콩! 쥐어박고 도망가기도 한다. 살구가 내게 말을 건다.

이른 봄, 7km의 가경천변은 연분홍 살구꽃 천지가 되어 많은 사람과 온갖 생물이 모여든다. 벌이 가장 먼저 찾아오고 아장아장 걷기 시작하는 아기부터 반려견 강아지까지 가경천은 장관이다. 꽃샘추위를 참아가며 볼그레 부풀어 오른 꽃봉오리가 다섯 장의 꽃잎을 펼친 후 꽃 진 자리마다 파란 살구 구슬을 매단다. 여름이 짙어질 무렵 노오랗게 익은 살구가 나무에서 떨어진다. 이때면 가경천은 온통 살구천이다.

노오랗고 탐스럽게 익은 살구가 화수분처럼 나무에서 떨어질 무렵이면 친구 대여섯 명이 모여 가경천에서 살구 천렵을 한다. 저마다 빛깔 곱고 향기로운 살구를 바구니 가득 담아가서 잼을 만든다. 각자 만든 잼과 식빵을 가지고 다시 모여 온종일 웃음꽃을 피운다. 같은 재료의 잼이지만 친구들 수만큼 잼의 농도와 빛깔은 조금씩 다르다. 이렇게 넉넉하게 만든 새콤달콤한 살구 잼을 이웃에게 나눠주기도 하고 일 년 내내 두고 먹는다. 그러나 지금은 한자리에 모이기가 어렵다. 친구들 대부분이 학생들과 생활하는 직업이라 조심스러워 바이러스가 물러날 때를 기다리며 살구 잼에 대한 추억을 한 페이지씩 넘겨보는 중이다.

걷다 보면 살구나무가 잘려나간 구간이 나온다. 이곳을 지날 때면 튼실하고 가지런하던 이가 갑자기 빠져나간 것처럼 아리다. 지난해 수령 30년 넘은 살구나무가 하루아침에 꽤 긴 구간 싹둑 잘려나간 일이 있다. 나무를 자른 이유 중 하나는 자연재해에 대비하려면 하천 정비를 해야 하기 때문이라는 것과 또 다른 이유로는 부패한 살구 열매가 내는 악취로 주민들의 민원이 자주 발생한다는 것이다. 이래저래 가경천의 살구나무는 바람 앞의 촛불처럼 위태롭다. 시민들의 저지로 지금은 멈춘 상태다. 그렇지만 기존의 다리를 걷어내고 더 높고 넓게 놓는 다리 공사가 현재도 진행되고 있어 또다시 살구나무가 잘려나갈까, 마음이 쓰인다. 이른 시일 안에 식재하겠다는 현수막이 빼곡히 붙어있지만 믿지 못할 약속처럼 색이 바래간다. 잘려나간 살구나무 밑동 옆으로 도심의 자동차 소리가 요란하다.

살구나무 아래 앉아본다. 꽃을 보여줄 때는 좋다며 모여들고, 열매를 내보낼 때는 코를 막으며 불편을 호소하고, 쓰임과 필요에 따라 마음대로 재단을 해버리는 사람들이 살구나무 입장에서 몹시 두렵지는 않을까? 가경천에서 군락을 이루며 살아온 살구나무가 사라져야만 자연재해도 사라지는 것일까? 그 반대는 아닐까? 그냥 그 자리에 가만히 두면 안 되는 것일까?

이런저런 상념에 잠겨 걷고 있을 때 살구가 또다시 말을 걸어온다. 살구 한 알을 입에 넣는다. 향긋하다. 살구가 떨어지는 시기는 길지 않다. 잠시 우리 곁에 머물다 자연으로 돌아간다. 그 짧은 순간에도 생명을 깃들게 하고 작은 생물들의 먹이가 되기도 한다.

온몸으로 꽃을 피우고 열매를 키워낸 가경천의 살구나무 한 그루 한 그루가 대견하고 고맙다. 가경천을 따라 걸을수록 살구나무가 더욱 소중하다.

# 하늘을 날다

    단양에 가면 패러글라이딩 타는 곳이 있다. 지금은 단양 읍내와 가곡면 두산리까지 두 곳이다. 단양 읍내를 다닐 때마다 새처럼 날아다니는 사람들을 보며 아들은 꼭 한번 타보고 싶다고 말했다. 그럴 때마다 무서울 것 같고 위험할 것 같으니 타지 말라고 말렸다.

    며칠간 비가 내렸는데 추석날이 되자 하늘빛이 밝고 푸르렀다. 하늘을 날고 있는 패러글라이딩을 본 아들이 타고 싶다며 계속 쳐다본다. 미적지근하게 대답하는 둥 마는 둥 하는 나와는 달리 구순을 바라보는 시아버님은 타 봤더니 괜찮다며 손자한테 타보라고 권한다. 손자의 마음을 읽으신 것 같다. 할아버지가 호응해주자 아들은 적극적이다.

    아들은 할아버지의 응원에 힘입어 냉큼 접수하러 갔다. 추석날 오후라 관광객들이 늘어 서너 시간은 기다려야 탈 수 있다는 직원 말에 아들은 기다린다고 한다. 내게 같이 타자고 한다. 단 한 번도 타보겠다는 생각을 해본 적이 없다. 손사래를 쳤다. 칠 세부터 구십 세까지 누구나 가능하며 한번은 타볼 만하다는 직원의 말과 아들의 권유에 마음이 조금씩 흔들린다. 아들이 장가가면 내게 권하기도 힘들 테고 기회가 왔을 때 경험을 해보는 것도 괜찮을 것 같았다. 가격이 만만찮았다. 추석 선물로 태워주겠다며 아들이 표를 끊어준다.

비행 복장으로 갈아입고 기다리는 동안 긴장이 되어 화장실을 수도 없이 다녔다. 드디어 우리 차례가 되어 트럭에 올랐다. 패러글라이딩이 착지하는 곳으로 가서 장비와 파일럿을 태우고 양방산 전망대에 있는 활공장으로 이동했다. 트럭에 올라 활공장까지 가는 길은 좁고 구불구불해 마주 오는 차가 있을 경우 피하기도 어렵고 경사가 무척 심하다. 664m, 오르는 내내 긴장된다. 스릴도 있지만 처음 패러글라이딩을 하러 가는 초보자 가슴은 콩닥콩닥했다. 아들이 곁에서 웃으며 손을 잡아준다.

활공장에 도착하자 전망이 좋다. 날씨가 맑고 화창해 사방이 확 트이고 시야에 단양 읍내가 한눈에 들어온다. 남한강이 굽이쳐 단양 읍내를 휘감아 돌아가는 전경이 한 폭의 그림이다. 소백산 연화봉과 천문대 모습도 눈에 들어온다. 전망에 빠져 아들과 둘이 사진을 찍고 구경하는 동안 우리와 함께 온 일행들은 다 날아가고 전망대 구경 온 몇 명만이 남아있다. 조금 늦게 타더라도 구경하는 것만으로 전망대에 온 가치가 충분하다며 소녀처럼 폴짝거렸다.

나와 함께 출발할 파일럿이 이름을 불렀다. 아들은 엄마가 걱정되는지 몇 번이나 할 수 있다는 표시로 엄지손가락을 들어 보이며 먼저 출발했다. 내 차례가 되어 장비를 착용하고 주의사항을 들었다. 주변에는 몇 번이나 실패하며 출발 못 하는 사람도 있고, 초등학생으로 보이는 어린 남자아이는 결국 타지 못하고 돌아갔다. 그 장면을 보자 더 불안하다. 때로 사는 일도 사정없이 뛰어야 할 때가 있듯이 뒤돌아보지 말고 계속 뛰라는 말을 듣고 심호흡을 한 다음 출발신호를 받고 뛰었다. 앞에 타는 내가 뛰지 않고 주춤거리거나 일찍 앉아버리면 실패할 확률이 높아진다는 거다. 아! 드디어 날아오르는 데 성공했다.

　파일럿은 패러글라이딩 타는 모습을 카메라에 담아주며 이리저리 연출도 해준다. 알려주는 대로 발도 움직여 보는데 전망대로 오르던 길을 카메라에 담아준다. 비행기를 잘 타냐고 물어서 아주 잘 탄다고 했더니 살짝 좌우로 움직이는 비행을 도와준다. 가끔 타기 좋아하는 사람들한테 이벤트로 해준다는데 스릴 있다. 이러다가 착지 못하고 남한강 물 위에 이대로 계속 있게 되는 건 아닐까 하는 불안감도 살짝살짝 들었다. 하지만 이내 패러글라이딩을 타고 편안히 날고 있다는 생각으로 돌아와 오랫동안 날고 싶어진다. 파일럿은 바람이 심하지 않아 패러글라이딩 타기에 최적의 날이라고 한다. 멀리 보며 최대한 기분을 느껴보라고 한다. 시간이 지날수록 산과 강, 하늘이 눈에 들어오고 점점 안정됐다.

단양은 시댁이 있는 곳이다. 자주 오지만 관광을 위해 오지 않는 만큼 이런 여유를 느낄 수 있는 시간은 없었다. 이번 추석에 아들 말 듣기를 잘했다. 다음에 또 기회가 있겠거니 하다 보면 그렇지 못한 경우가 더 많다. 지금이 기회인 거다. 기회는 자주 오지 않는다. 기회는 잡았을 때만 기회가 된다.

착지 지점이 조금씩 다가온다. 먼저 도착해 아래서 손을 흔들며 기다리는 아들이 보인다. 나도 손을 흔들었다. 두 다리를 모아 위로 올리라고 했다. 강 가장자리 풀밭 위로 사뿐히 내려앉았다. 착지 성공이다. 아들과 어깨동무를 하고 브이 자v를 그리며 기념사진을 찍었다.

무슨 일이든지 해보지 않고 미리 걱정할 것이 아니다. 직접 부딪쳐 보는 것보다 더 생생하게 다가오는 것은 없기 때문이다. 단양을 다니며 하늘을 나는 패러글라이딩을 수없이 봐 왔지만 나와 전혀 관련 없다고 외면했는데 체험을 통해 이제 그것은 내게로 왔다. 이렇게 체험은 또 다른 도전이고 희망이다. 이제부터 패러글라이딩을 보는 눈은 분명 달라질 것이다. 아들과 함께 추억의 한 페이지를 남긴다.

초록 미술관

# 택배

택배는 설레게 한다. 특히 예상하지 못했던 분이 보내온 택배는 그 속에 내용물을 떠나 그분의 마음을 떠오르게 하고 기분이 좋아진다. 포장하며 나를 떠올렸을 그분을 생각하는 것만으로 행복감이 밀려오고 마음이 따뜻하다. 내게 보내온 택배는 그야말로 커다란 선물이다.

택배를 받았다. 이름과 주소가 전혀 다르다. 다행히 빼놓지 않고 정확하게 기재한 것은 전화번호이다. 전화번호를 한 자 한 자 또박또박 적었다. 주소가 달라지자 택배 상자가 다른 동네에 도착해 있다는 연락이 왔다. 택배 기사는 내 이름을 전혀 다르게 부른다. 그나마 성은 제대로 부른다. 순간 보내신 분과 나에게 온 것이라는 것을 직감했다. 처음에는 다른 이름을 부르는 기사님께 더듬거리며 아니라고 했지만 전화번호의 정확함이 자신감을 줬다. 택배 기사의 톤도 올라간다. 주소지로 가기 때문에 시간이 걸려도 방법이 없다고 한다. 택배는 며칠이 지나서 받았다.

작은어머님과 작은아버님은 사과와 인삼이 유명한 곳 경북 풍기에 사신다. 두 분은 생활하고 계신 그곳 풍기에서 사과 농사도 인삼 농사도 짓지 않는다. 연세도 많고 그리 넉넉하지 않은 살림을 꾸려가면서도 인심은 넉넉하다.

'질부'라는 호칭으로 불리는 나는 경상도 사람이다. 그래서 아무리 사투리가 심한 경상도 말도 다 알아듣는다. 작은어머니는 구수한 사투리로 우리 질부 챙겨줄 사람도 없고 별거 아니지만 보내본다는 겸손의 말씀도 덧붙이신다. '시' 자가 들어가는 시금치도 안 먹는다는 말이 있다. 그만큼 시댁에 대한 감정을 드러내는 말이다. 그러나 우리 시댁 식구들, 그러니까 친척들도 내게 넉넉하게 마음을 쓰신다. 아버님은 칠남매의 맏이다. 우애도 좋고 잘 지낸다. 결혼한 지 삼십 년이 넘었지만 늘 한결같다는 표현이 맞다. 조금이라도 더 주고 싶어 하고 말 한마디도 다정하고 인정스럽게 한다. 지금껏 시댁 식구부터 시댁 친척들까지 나를 실망시키거나 말로 상처를 받게 한 적은 없다. 참 고마운 분들이다.

택배 상자를 열었다. 사과 상자에 사과가 빼곡히 들어있고 검은 비닐봉지가 들어있다. 봉지를 열자 6년근 인삼이 빙그레 웃는다. 인삼은 크고 최상품이다. 사과를 꺼내는데 사과마다 멍이 들어있다. 멍이 심한 것과 약한 것으로 구분하는데 전혀 없는 것은 찾기 어렵다. 빛깔 곱고 달콤한 사과가 멍이 드니 안타깝고 오래 보관하기는 더욱 어렵다. 사과 상자를 보면서 마음이 흔들렸다. 이를 어쩌나, 작은어머니께서 처음부터 멍이 든 사과를 보냈는지 물어보고 싶다. 아니면 택배 기사한테 물어봐야 할지 고민이 된다. 그러다 그냥 먹기로 하고 잘 받았다는 안부 전화만 드렸다. 상황은 천천히 생각하기로 했다.

동네 과일가게 가서 멍든 사과 이야기를 했더니 사과는 그냥 보내면 그렇게 된다면서 포장이 아주 중요하단다. 사과 상자로는 가장 큰 것에 한 층씩 사과를 놓고 얇은 골판지를 깔고 또 한 층씩 사과를 넣었다. 사과 한 개라도 더 넣으려고 했던 마음이 느껴진다. 사과가 하나씩 개별로 싸여 있지 않아 상자가 움직일 때마다 부딪히며 멍이 든 것이다.

사과를 골라 빨리 먹어야 할 것과 천천히 먹어도 될 것의 순서를 정하고 맛나게 먹는다. 멍이 좀 들면 어떤가, 멍이 깊으면 속도를 더 빨리 내면 되는 것을. 이름도 다르고 주소도 다르게 적었지만 나를 생각하며 꼭꼭 눌러 쓴 전화번호와 사과 속에서 두 분의 사랑을 만난다.

# 팬클럽

S가 퇴근길에 얼굴이나 보자며 연락을 했다. 반가운 마음에 달려 갔다. 근황을 묻고 여기저기 고장 나기 시작하는 몸 이야기를 하며 공원 벤치에 앉았다. 그때 갑자기 S의 폰에서 카톡 소리가 쉼 없이 울린다.

S는 오늘도 방송국에 녹화하러 온 김○○ 트로트 가수를 보고 오는 길이라고 했다. 한 번 물꼬가 터지니까 끊임없이 팬클럽 이야기를 한다. 사실 난 한마디도 끼어들 틈이 없다. 팬클럽 사람들이 좀 전에도 가수를 응원하려고 방송국 앞에서 녹화 끝나고 나올 때까지 모여 있다가 헤어졌다며 서로 근황을 주고받는 중이란다.

무엇에 푹 빠져본 적이 없는 나로서는 이해하기 어렵다. 일 년 전에 팬클럽에 가입한 지 얼마 되지 않았다는 말을 들었다. 그때부터 지금까지 있었던 일을 밤이 깊도록 이야기한다. 추워서 일어나긴 했지만 얼마든지 더 할 수 있다는 자세이다. 여전히 그 가수를 위해서는 무엇이든 할 수 있을 것 같았다. 어찌 저리도 할 말이 많으며 열정이 남아 있는지, 신기한 눈으로 호응하고 귀를 열고 들었다. 가끔은 이럴 수 있는 S가 부럽다.

딸아이 중학교 다닐 때 생각이 떠올랐다. 슈퍼주니어를 너무 좋아해서 응원 문구를 만들어 코팅해 붙이고 다양한 글씨체로 가수 이름을 한 명 한 명 정성스레 적느라 며칠간 방에서 나오지 않았다. 넉넉히 준비한 문구를 친구들에게 나눠주며 쫓아다녔다. 아이에게 입에 달고 공부를 그렇게 하면 얼마나 좋을까 잔소리했던 기억이 난다. 공부보다 가수가 중요했다. 공연 갔다가 가수에게 받았다며 감자튀김 봉지를 코팅해서 소중하게 보관했다. 지금 생각하면 MZ 세대인 아이가 한 경험은 훨씬 인생을 풍부하게 살아갈 자원이다.

언제부터인가 몰입이라는 낱말이 긍정적으로 다가온다. 어딘가에 몰입할 수 있는 사람은 순수하고 열정적인 사람이다. 색으로 말하자면 붉은색이다. 그러고 보면 나는 무채색일 것이다.

며칠 전에 『아무튼, 하루키』를 읽으며 팬은 가수뿐 아니라 작가 팬클럽도 있다는 것을 알았다. 한국에서는 잘 드러나지 않지만 일본의 하루키 독자들은 노벨문학상 발표 날에 수상을 기원하는 카운트다운 이벤트를 열기도 하고, 발표 생중계를 함께 보기도 한다는 것이다. 이 책의 작가인 이지수는 하루키의 책 80여 권을 소장하고 있으며 원서를 읽기 위해 일본에서 생활까지 했다고 한다. 결국 하루키에 대한 책을 썼다. 이만하면 팬이라는 이미지는 내겐 너무 부럽다.

누가 말했다. 어느 작가의 책 한 권을 읽고 그 작가를 안다고 말하면 안 된다고. 적어도 그 작가가 쓴 책 대부분을 읽고 그 작가를 조금 안다고 말해야 한다는 거다. 가수도 마찬가지이다.

한국의 K-POP이 세계화가 될 수 있던 것도 팬의 힘이다. 그러고 보면 팬, 팬클럽이라는 단어는 소중한 단어이다.

예순이 넘은 나이에도 팬클럽 활동을 하는 S를 응원하고 싶다. 일 년 후에 만나도 여전히 팬클럽에서 활동하고 있을까. S가 흔들리지 않고 팬클럽 활동을 계속하고 있기를 바란다.

# 빈 유모차

유모차가 지나간다. 자세히 보니 강아지 꼬리가 보인다. 얼마나 평화로운 풍경인가. 새삼 걷고 있는 이 길이 눈물 나도록 아름답고 고맙다. 내가 마음대로 걸을 수 있다는 것. 어느 쪽을 선택하여 가더라도 길을 막거나 뭐라고 하는 사람이 없다는 것. 내 의지대로 자유롭게 다닐 수 있는 것. 새가 자유롭게 날 수 있다는 것. 비둘기가 내 보폭에 맞춰 나란히 걷기도 한다는 것. 이른 아침 운동하러 나온 사람들이 운동 기구를 마음껏 활용해 체력을 단련하고 있는 것. 소리쟁이 새싹이 푸르러지는 것. 까치꽃이 보랏빛으로 빛나는 것. 민들레가 건물 틈에서 꽃을 피운 것.

이 모든 것이 걸음을 옮길 때마다 눈에 들어온다. 대수롭지 않게 받아들인 모든 것과 모든 순간이 오늘따라 눈에 선명하게 들어온다. 평화롭게 살아간다는 것은 얼마나 감사한 일인가.

아침 뉴스를 보고 나왔다. 우크라이나와 러시아가 전쟁 중이다. 2차 세계 대전이 끝나고 나라별로 내전이 없지는 않지만 그나마 전쟁이라는 단어는 사라진 것으로 착각하고 살아온 것이 아닐까. 과학 기술이 변화하고 그에 따라 첨단을 걷는 지구촌이 다시 냉전 시대로 양분되지 않을까 우려의 목소리가 높아졌다. 특히 러시아의 움직임은 세계를 긴장하게 만든다.

우크라이나에서 빈 유모차를 모아 사진을 올렸다. 아이들이 타고 있어야 할 유모차가 텅 비어 있다. 많은 아이가 희생되어 유모차만 남은 것이다. 어떤 어머니는 아이를 살리기 위해 온몸으로 폭격을 막았다고 한다.

어릴 때부터 머릿속에서 떠나지 않던 단어가 전쟁이다. 늘 전쟁에 대해 걱정을 했다. 막연하게 제발 전쟁이 일어나지 않으면 좋겠다고 밤마다 빌었다. 내가 직접 전쟁을 겪지 않았지만 직접 겪은 부모님은 얼마나 무서운지를 늘 상기시켜주었다. 그러면서 자연스럽게 전쟁에 대한 공포심을 느낀 것 같다.

학교에서는 항상 반공교육이 있었다. 공산당에게 희생된 이승복 이야기는 아직도 그 문구가 입에서 저절로 나온다. "나는 죽어도 공산당이 싫어요"이다. 학교마다 조회대 근처에 이승복 동상이 서 있고, 고등학교 다닐 때는 교련수업도 있었다. 교련 시간에 배운 삼각건 묶기와 환자 이송하는 침대를 옮겨가며 전교생이 모여 완전하게 익혀야 했고 하루 한 번은 사열을 했다. 전쟁에 대비해 늘 준비태세 갖추는 연습을 했다. 그런 시간을 거쳐 어느덧 전쟁에 무디어 갔던 것은 아닐까. 휴전 중이라 언제 어떤 일이 일어날지 모른다. 외국에서 보면 남과 북이 언제 일어날지 모르는 전쟁상황에 놓여있다는 것에 깊은 우려를 한다. 여행을 금지할 정도로 심각하게 보는 나라도 많다.

우크라이나와 러시아를 보면서 전쟁이라는 단어가 얼마나 무서운지 덜컥 겁이 났다. 텔레비전을 통해 본 장면이 쉽게 사라지지 않는다. 모든 것이 한순간에 사라져버리는 일이 바로 전쟁이다. 어릴 때는 우리나라에서만은 제발 전쟁이 일어나지 않기를 바랐지만 이제는 우리나라뿐 아니라 전 세계 어디서도 전쟁이 일어나지 않기를 간절히 바랄 뿐이다.

주변의 모든 것이 처음 보는 것처럼 귀하다. 평화와 자유라는 단어가 소중하고 또 소중하다. 빈 유모차의 행렬에 마음을 모은다. 함박웃음 짓는 아가들의 요람으로 다시 꽃피기를.

# 풍경에 빠지다

길이 낯익다. 시댁에 갈 때 그 언저리를 지나갔던 기억이 난다. 길이 많지 않았을 때 꼭 그곳을 거쳐야만 했던 길이다. 지금이야 워낙 국도도 고속도로처럼 잘 뚫려 있고 곧은 지름길이 많이 생기면서 나도 헷갈리고 내비게이션을 봐도 헷갈릴 정도이다. 낯익은 길옆으로 자연휴양림이 들어섰다.

괴산 성불산 자연휴양림은 숙박시설과 체험장, 전시관들이 잘 갖춰져 있고 산속으로 난 힐링의 길도 잘 정비 되어있다. 아직 개장을 준비 중인 곳도 있지만 느낌이 좋다. 휴양림 곳곳을 둘러보았다.

먼저 수석전시관을 들렀다. 친절한 직원 덕분에 수석에 대한 흥미가 저절로 생긴다. 수석을 보는 관점에 대해 말해준다. 수석 감상의 삼 요소는 형, 색, 질이라고 한다. 그리고 분무기로 수석에 물을 뿌려가며 달라지는 색을 보여주고 수석에서 무엇이 보이는지 알려준다. 해설을 듣고 나니 이전과는 완전히 다르다. 구멍이 뚫린 정도로 보이던 작은 수석에서 수평선도 보이고, 동굴도 보이고, 우주도 보였다.

결국 모든 감상은 마음에 달렸다는 말도 덧붙인다. 수석해설사도 있느냐고 묻자 그런 자격증은 없고 공부를 했다는 것이다. 프로정신이 느껴진다. 자신이 하는 일에 어느 정도 열정을 갖고 어떻게 하느냐에 따라 관람객들 기쁨도 크다. 수석전시관을 둘러본 보람이 있다. 전시관을 나서는데 입구에 놓인 대형 돌이 눈에 들어왔다. 전시관에서 배운 대로 이리저리 살펴보며 복습했다.

실내체험장으로 가서 할만한 체험을 찾아보기로 했다. 나무판을 사포로 다듬고 타일을 넣어 붙이는 냄비 받침대가 마음에 든다. 두 개씩 해보기로 하는데 얼마 전 새집으로 이사한 친구 생각이 나서 두 개를 더 신청했다. 좋아할 친구를 생각하며 작업을 하니까 즐거웠다. 셋이서 저마다 완성한 받침대를 전시해놓고 어린아이들처럼 신이 났다. 언제든 근처 지나다 들러 차를 마시고 가라는 숲을 닮아 넉넉하고 친절한 해설사들의 이야기를 뒤로하고 체험장을 나왔다.

나무 데크가 설치된 길을 따라가 보기로 했다. 아무도 없다. 자연의 소리만 들린다. 바람 소리, 곤충 소리 얼마 만에 느껴보는 것인가. 도시의 소음에 익숙해져 어색하기까지 하다. 숲 사이로 맑은 하늘과 구름이 드러나고 맞은편에는 성불산 전망대가 보인다. 성불산은 이름답게 바위를 통해 자신의 모습을 보여준다. 번뇌에서 해탈하여 부처가 된 모습 같다. 전망대 근처에 가면 나도 해탈할 수 있을까. 전망대까지 오르고 싶다며 일행은 날을 따로 잡아보기로 했다. 가을의 모습은 상상 이상일 거다.

산이 깊어서인지 흔히 보기 어려운 나비들이 자주 보이고 분홍대 벌레가 눈길을 사로잡는다. 언뜻 보면 사마귀처럼 보이는데 등을 자세히 보면 분홍색 날개가 아주 조그맣게 달렸다. 누리장나무가 군락으로 있고, 비목나무도 자주 눈에 들어온다. 누리장나무 열매가 익으면 보석처럼 아름답다. 예쁜 보석이 박힌 브로치 같다. 비목나무 잎에서는 향기가 난다. 머리가 맑아진다. 잎사귀로 피리를 만들어 불면 소리가 향기만큼 맑다.

데크 옆에서 오랜 세월 무게를 견뎌오다 더는 감당하기 어려웠는지, 커다란 버드나무 한 그루가 쓰러져있다. 몸통으로 자신의 나뭇가지를 간간이 키우며 다래나무를 품었다. 숲과 숲을 이어주는 다리처럼 길게 누워 자신의 몸을 다래나무에 내주었다. 다래나무는 버드나무 전체를 푸르게 감싸며 줄기를 마음껏 늘어뜨렸다. 자연은 자연 그대로 자연스럽다.

휴양림의 풍경처럼 그 속에서 함께하는 사람들이 자연과 닮아있다. 휴양림의 어느 한 곳도 놓칠 수 없는 운치가 스며있다. 작은 식물에서 성불산 전망대까지 가슴에 꽉 차오른다. 벌써 가을이 기다려진다.

# 모든 건 봄에 있다

단단하게 굳어있던 것이 몰랑몰랑하고 부드러운 모습으로 나오는 계절이다. 봄이 되면 만물이 반응한다. 숨어있던 것들이 일제히 자신을 드러낸다. 사계절 중에 봄만큼 희망적인 계절도 없다. 우리가 오죽하면 모든 건 봄에 있다고 할까. 시작하는 것도 봄이고, 시작해보고 싶은 것도 봄이다. 계절이 깊어질수록 봄을 어떻게 보냈는지가 드러난다. 여름이 되어도 잎이 파릇하게 나오지 않으면 이는 이미 때가 늦었다고 하지 않는가. 그리하여 봄은 시작이고 그만큼 시작이 중요하다.

올해는 봄을 어떻게 시작할까. 내 마음을 부드럽게 하는 것에는 무엇이 있을까. 우선 여행의 씨앗을 심어보기로 했다. 오미크론이라는 이름으로 바짝 다가와 있는 코로나는 더욱 마음을 딱딱하게 만들었다. 누구와도 가까이하기 힘들고 가까이할 수도 없다. 전파력이 강한 탓에 주변에 감염되지 않은 사람을 찾아보기 어려울 정도이다. 그러니 모든 일상은 더 굳어버렸다. 안전 안내 문자는 날마다 쏟아지는 감염자 숫자를 내게 주입한다. 너무나 길게 가다 보니 숫자가 엄청나게 늘어도 무감각해진다. 이럴수록 내 마음을 부드럽게 할 무엇이 필요했다.

여행이라는 이름이 꼭 거리와 관련지을 필요는 없다. 오전에는 멀지 않은 거리에 있는 카페에 들렀다. 그 카페에 들어서자 주인이 마당에서 호미를 들고 꽃을 가꾸며 맞는다. 카페에 차를 마시러 온 것이 아니라 동네 마실 온 것 같은 느낌이 든다. 꽃이 핀 것과 피우려는 것, 씨앗을 심는 주인까지 어울려 꽃밭이 풍성하다. 이름을 물어보면 먼저 말하기도 전에 좀 나눠 줄 테니 심어보겠냐고 물어오니 마음은 더욱 풍성해진다. 꽃을 심고 가꾸고 있는 주인을 따라 한동안 마당에 핀 꽃을 감상하고 꽃에 얽힌 이야기를 듣고 꽃을 한 아름 안고 돌아오는 길이 행복하다.

오후에는 뒷산을 오른다. 짙은 소나무 사이로 연한 녹색이 피어오른다. 봄이 왔다는 걸 용케도 알고 일제히 나무들이 순을 내민다. 보는 것만으로 부드럽다. 바닥에 떨어진 도토리도 싹을 내민다. 아무리 딱딱한 껍질도 봄 앞에서 부드러워지니 신기할 따름이다.

온 세상에 봄이 오고 이 봄에 누구나 마음껏 자신을 부드럽게 만들어 보라고 말하는 것 같다. 개미와 벌레도 밖으로 나와 움직임이 활발하다. 모두 봄맞이로 바쁘다.

봄맞이로 분주한 만물 앞에서 코로나가 완전히 사라지길 빌어본다.

# 거기, 초록 미술관

　직장인에게 하루의 휴가는 의미가 크다. 하고 싶은 것도 많고 가고 싶은 곳도 많다. 미술관에 가기로 했다. 마침 청주시에 국립 미술관 분원이 생겨 가까이에서 알차고 다양한 미술을 접할 기회가 생겨 반가웠다.

　아침 일찍 서둘러 준비를 끝내고 시계만 보고 있다. 정해진 시간이 되어 집에서 막 나서려는 순간 함께 가기로 한 친구로부터 미술관은 다음에 가자는 메시지를 받았다. 기운이 쏙 빠졌다. 요즘 한창 미술 관련 책에 빠져있어 미술관 나들이를 잔뜩 기대하던 중이라 실망이 더 컸다.

　보내온 메시지를 읽고 서운한 마음에 답장도 보내지 않고 한동안 멍하니 있었다. 그때 메시지가 다시 울렸다. 초록빛이 꽃보다 아름다운 요즘인데 실내가 아닌 실외로 가자는 것이다. 잠시 망설이다 그러자고 했다.

　친구와 만났다. 평소 수다 떨기를 좋아하고 여행을 즐기는 내가 가만히 있자 친구는 이런저런 이야기로 분위기를 띄운다. 서운함을 감추고 조용히 있지만 기분이 점점 가라앉는다. 어디로 갈 예정이라는 말이 귀에 들어오지 않아 아무렇게나 짧고 퉁명스럽게 대답하고 차창 밖으로 고개를 돌렸다.

친구가 향하는 곳은 무심천 발원지 내암리다. 내암리는 물이 맑고 다양한 식물과 생물을 볼 수 있는 곳이다. 내암리를 가끔 다녀갈 때마다 감춰 두었다가 보고 싶을 때 와서 볼 수 있도록 개발과 오염이 되지 않기를 바란 곳이다.

내암리에 도착하자 작은 생물들이 반긴다. 알에서 깨어난 올챙이들이 꼬물꼬물 줄지어 반갑다고 꼬리를 흔든다. 소금쟁이도 얼음판인 듯 피겨를 타며 봐 달라고 발길을 잡는다. 도롱뇽 알은 둥글게 말린 우무질 안에서 곧 세상 밖으로 나올 거라고 말을 하는 듯하다. 자잘하게 흐르는 물속으로 손과 발을 담근다. 물이 거울처럼 맑아 하늘의 구름과 주변 산의 나무가 물속으로 그대로 내려와 또 하나의 하늘이 되고 산이 된다. 지난해 떨어진 밤과 낙우송 열매는 바닥에서 작은 물고기들의 친구가 되고 있다. 늘 마음속에 자리 잡고 있던 내암리가 잘 있는지 궁금했는데 예전과 같이 소중한 생명을 이어가고 있어 반가웠다.

물줄기를 따라 숲으로 들어갔다. 노오란 양지꽃, 겨드랑이마다 꽃 피운 흰별깨덩굴, 생강나무, 비목나무, 초피나무 잎에서 달큼한 향기가 난다. 초목이 부드럽게 어울려 그 자리를 지키고 있다. 깊이 들어 갈수록 짙어지는 초록만큼이나 내 마음에도 초록 물이 든다. 한적한 풍경이며 고요히 흐르는 물, 그 곁을 지키는 바위들, 하나하나가 멋진 자연미술관이다. 지금 막 자연미술관에 초록빛을 전시하고 있다.

친구는 도슨트가 되어 계절에 따라 바뀌는 모습이며, 식물과 곤충, 나비, 새까지 척척 설명해준다. 평소 궁금했던 것도 풀리고 특징도 자세히 들으니 눈과 귀가 활짝 열리는 기분이다. 걸으며 만난 자연물 하나하나가 멋진 작품이다. 초록이 온몸을 편안하고 넉넉하게 한다. 실내미술관을 가지 못해 한껏 좁아졌던 마음이 자연의 무늬와 빛깔로 서서히 바뀌어 간다.

자연미술관에서 작품들을 감상하고 나자 친구의 마음이 보이기 시작한다. 초록은 이 순간을 놓치면 또 다른 모습으로 변하기 때문에 더 늦기 전에 함께 오고 싶었단다. 미술관 관람은 조금 늦추더라도 초록을 먼저 보여주고 싶었다는 말도 덧붙인다. 훤히 보였을 내 표정을 읽고도 품어준 친구는 자연과 닮았다. 곁으로 다가가 살짝 손을 잡으며 고맙다는 말을 전했다. 빛깔이 바뀌는 계절에 다시 오자고 약속했다.

도심에서 그리 멀지 않은 곳 내암리에서 보고 듣고 느끼는 모든 것이 예술 작품이라는 생각이 든다. 오랜만에 찾은 내암리에서 맑고 아름다운 공존을 본다. 친구의 마음까지도.

언제든지 달려오면 변함없는 모습으로 반겨주고 자연을 감상할 수 있는 초록 미술관으로 내암리가 오롯이 남기를 기대한다.

초록 미술관

2부

만남의 흔적

# 함께한다는 것은

미세먼지 없는 화사한 봄의 초입이다. 창가로 따사로운 햇살이 마음껏 거실 안으로 들어온다. 작은 화분에 담긴 다육식물도 얼굴을 길게 빼고 해맞이를 한다. 한동안 가만히 들여다본다. 항상 곁에 있어서, 늘 곁에 있을 것 같아서 귀한 줄 몰랐던 것에 대한 소중함이다.

카톡이 울린다. 아끼는 후배다. 어찌 알았을까. 봄볕을 맞으러 어디로든 떠나고 싶은 마음을. 이렇게 우린 잘 통한다. 운전대를 잡은 후배한테 말을 시키고 싶어 입이 들썩들썩한다. 수다를 다 받아주려면 운전을 못 할 것 같아 이따금 창문을 열었다 닫았다 하며 혼자 놀고 있는데, 후배가 "언니, 말해 괜찮아"라는 말에 웃음이 훅 나왔다. 눈빛과 행동을 보고 많은 것을 알아차릴 만큼 함께한 시간이 길다.

또 한 사람, 우리를 좋아하는 선배가 있다. 좋아한다는 말은 순전히 내 주관이 들어간 말이지만 나는 그렇게 믿고 있다. 말과 행동을 통해 전해지는 것만으로 충분히 그런 느낌을 받는다. 물론 우리도 많이 좋아한다. 선배를 보러 나섰다. 언제든지 오게 되면 미리 알려

달라는 말을 했지만 후배와 난 갑자기 찾아가자고 했다. 미리 간다고 하면 우리를 위해 챙기기 바쁘다. 딸이 친정에 갔을 때 챙겨주는 어머니 같다. 떡도 해놓고 가을에 수확해둔 해바라기 씨앗이며 은행, 손수 만들어 놓은 꽃차를 종류별도 내온다. 이런 선배의 마음을 잘 알기에 근처에 가서 연락하기로 했다.

거의 도착할 때쯤 연락을 해봤다. 그런데 전화를 받지 않는다. 서너 차례 더 해도 받지 않자 살짝 불안했다. 예약 손님이 있어 해설해 주고 있을 수도 있다는 생각으로 무작정 달려갔다. 문학관 초입에 들어섰을 때 선배로부터 전화가 왔다. 그제야 얼굴을 볼 수 있다는 안도감이 들었다. 우리가 전화를 걸던 순간에도 선배는 밖에 나가 일을 하고 있던 거다.

오장환문학관 곳곳이 쓸고 닦고 심고 가꾸어 온 선배의 흔적으로 가득하다. 적잖은 나이지만 어찌나 유리처럼 깔끔하고 예쁘게 꾸며 놓았는지 문학관 도처에서 선배가 보였다. 지난가을에 감을 몇 접 사서 처마에 매달았던 거라며 잘 마른 곶감을 내온다. 해마다 감을 깎아 줄줄이 매달아 놓고 문학관을 찾는 사람들한테 정겨운 풍경을 선사한다. 그리고 나눈다. 오는 사람들 하나둘 나눠 주다 보니 하마터면 맛을 보여주지 못할 뻔했다며 얼른 먹어 보란다.

올 때마다 문학관과 참 잘 어울린다는 생각이 든다. 그 누구도 이만큼 문학관을 사랑하고 작가를 사랑하기 쉽지 않을 것이다. 작가의 연보에만 관심을 두고 휘리릭 둘러보고 가는 사람도 적지 않지만 그럴 때마다 해주고 싶은 말이 많단다. 선배가 꼼꼼하게 챙겨 해설해 주다 보면 관람객들이 처음 들을 때와는 달리 질문도 많아지고 눈빛이 달라지는 것을 느낀다고 한다. 지금도 작가에 대한 것들을 수집하고 새로운 사실을 알게 되면 방문한 사람들에게 알려준단다. 선배는 문학관에 근무하며 작가의 진면목을 제대로 알리려고 끊임없이 노력한다.

문학관을 찾을 때마다 새롭다. 내가 알고 있는 것에서 더 나아간다. 문학관과 작가에 대한 끊임없는 사랑이다. 선배는 좋아서 하는 일이라며 보람을 느낀다고 한다. 선배는 오장환 시인과 같은 고향이며 현재 문학 활동도 활발히 하고 있다. 작가에 대한 애정이 넘치는 선배의 마음을 전달받고 고인이 된 오장환 시인이 선배를 고맙게 생각할 거라고 하니 아직 멀었다며 웃는다.

초가를 배경으로 사진을 찍었다. 초가를 둘러싼 담과 사립문, 쌓아놓은 통나무, 하얀 고무신, 우물터, 지금도 불을 넣는 아궁이까지 어릴 적 고향에 온 듯 푸근하다. 정겨운 풍경은 추억을 불러오기도 하고 만들어 주기도 한다.

함께 보낸 시간이 꽤 길었나 보다. 선배와 헤어질 때가 되자 맑던 하늘이 갑자기 어두워진다. 춘분이 지났지만 비가 오다 눈이 오다 눈비가 섞여서 내리기까지 한다. 초가 외문으로 보이는 풍경은 여러 모습을 보여준다. 먼 산의 눈을 보여주다가 이내 해가 나기도 한다. 카메라를 들자 오래된 느티나무 옆으로 신식 건물이 들어오고, 초가 담벼락 뒤로 마을이 들어온다.

공존이다. 선배와 후배가 함께하고, 신식 건물과 초가가 함께하고, 햇살과 구름이 함께하고, 오래전에 활동하던 작가와 현재를 살아가는 작가가 함께하는 시간이다. 과거 없이 현재와 미래가 없듯이 시간은 이어진다. 다음에 오면 선배는 또 어떤 이야기를 들려주고 어떤 추억을 나눠줄까.

발길을 돌리는데 우리가 보이지 않을 때까지 손을 흔들고 서 있는 선배, 오래오래 그곳에서 과거와 현재와 미래를 이어주는 역할을 해주길 기대한다.

# 다른 듯 닮은 이름

이름의 흐름을 보면 여성들의 삶이 보인다. 우리 할머니 세대는 간난이, 옥난이라는 이름이 많고, 우리 어머니 세대는 둘이, 분이라는 이름이 흔하다. 나는 64년생이다. 우리 세대에는 계숙, 정순, 양숙, 정자, 수남 같은 이름이 유행이었다. 이렇게 시간이 흐르면서 이름도 변화해 왔다. 지금은 여자나 남자가 다 같이 사용하는 중성적인 이름으로 많이 짓는다. 철학관 하는 지인의 말을 들어보면 요즘은 여아들도 중성적인 이름을 선호한다고 한다. 예전처럼 예쁜 이름을 선호하지 않는다는 것이다. 이름이 세련되게 바뀌면 의식 수준도 함께 높아져야 하지 않을까.

조남주의 『82년생 김지영』을 읽는 내내 이름이 바뀌고 세월이 흘렀다고 해서 우리가 체감으로 느낄 수 있는 의식의 변화는 무엇인가 의문이 들었다. 64년생인 나나 82년생 김지영이나, 돌이 갓 지난 손녀 지호가 어른이 되어 살아갈 세상은 얼마나 변할까. 많은 정책이 나오고 아이 키우기 좋은 세상으로 만들겠다고 하지만 현실은 그렇지 못하다. 결혼 비율은 자꾸 줄어들고 더불어 신생아 수도 점점 줄어든다. 여자들은 결혼 후에 육아 문제로 사회생활을 지속하기 어려운 것이 현실이다. 가장 큰 이유는 육아 문제가 아닐까 싶다.

소설 속 주인공 김지영의 어머니는 아들뿐만 아니라 딸도 넓고 크게 키우고 싶어 한다. 세계지도를 걸어두고 세상이 넓음을 마음속에 간직하기를 바랐다. 어머니 오미숙은 오빠와 남동생을 위해 친정에서 희생한 인물이다. 딸을 키우면서 자신처럼 살지 않기를 바랐다. 여자라는 한계를 지우지 않고 원하는 학과, 원하는 대학을 다닐 수 있도록 한다. 이런 어머니 밑에서 자란 지영이도 주체적인 인물이다. 그러나 결혼과 육아라는 문제에 부딪히며 원점으로 돌아가고 만다. 결국 직장을 그만두게 되고 경력 단절이라는 이름을 얻는다. 책 내용과 지금의 현실이 달라진 것은 얼마나 될까. 여전히 현재진행형인 것이 많다. 여성의 사회진출이 늘어나면서 경력 단절을 겪지 않기 위해 결혼과 출산을 기피 할 수밖에 없는 듯하다.

내 딸 수진이는 90년생이다. 딸은 20대 후반에 결혼하고 지호를 낳았다. 지호를 키워 줄 사람이 없어서 부부가 번갈아 가며 육아휴직을 하고 있다. 그나마 남자들도 육아휴직을 할 수 있는 사회 분위기로 바뀌고 있는 것은 긍정적이다.

딸과 사위가 끝까지 직장을 그만두지 않고 다니기 위해서는 주변의 도움이 필요한데 쉽지 않다. 딸은 평소에 아이 둘은 낳아야 한다고 생각했는데 지호를 키우면서 육아가 쉽지 않다는 것을 깊이 느꼈다고 한다. 부모님들의 위대함에 놀랐다며 고맙다고 말한다.

『82년생 김지영』은 현재가 과거와 너무 닮아있는 것을 보여준다. 곳곳에 존재하는, 여성이라서 불리하고 어쩔 수 없는 작은 부분까지 다루고 있다. 그리하여 여자라는 이름으로 주어진 것들에 대해 생각해 보게 한다. 특히 여자라면 누구나 겪으며 공감할 수 있는 문제를 다루어 주변을 돌아보게 한다.

세상이 아무리 바뀌었다고 해도 여전히 주변 곳곳에 물처럼 흐르고 있는 불합리한 것들을 상기시키는 책이다. 『82년생 김지영』이 많이 읽히고 영화까지 나온 것은 이 이야기가 누구나 공감하는 내 이야기이기 때문이 아닐까. 어머니 세대, 우리 세대, 82년생 김지영 세대, 내 딸 세대가 겪었던 것을 손녀딸 세대에는 다른 방식으로 전환이 가능할까.

우리 세대 엄마들은 걱정이 많다. 장성한 자녀들이 결혼할 생각을 안 하고 있으니 모이기만 하면 자녀들 이야기다. 아들이나 딸 누구도 선뜻 결혼하려고 하지 않는다. 딸인 여자뿐 아니라 아들인 남자도 결혼과 동시에 접어야 할 것이 너무 많은 현실이다. 더군다나 육아는 요즘 여성들만의 문제가 아니다. 아이 한 명 키우는데 엄청난 노력과 협력이 필요하다. 주거, 육아, 취업, 이런 문제가 젊은이들 결혼을 점점 멀어지게 하는 요인이다. 이런 자녀들을 보면서 강요할 수는 없지만 여전히 걱정되는 부분이다.

분명 82년생 김지영이 지나온 시간과 현재는 달라진 부분이 적지 않다. 그렇지만 여전히 해결되기 어려운 공통점도 존재한다. 작가는 김지영을 통해 현실의 삶을 솔직하고 자세히 이야기하면서 누구나 김지영이 될 수 있다고 말하는 듯하다. 주인공 김지영의 딸 지원이와 손녀 지호가 살아갈 세상은 달라질 수 있을까.

나는 요즘 고민이 깊어졌다. 직장을 그만두고 손녀 지호와 곧 태어날 지호 동생을 돌봐야 할지, 정년까지 다녀야 할지 밤잠을 설친다.

# 모임 단상

 

눈이 내리다 비로 바뀌면서 걷기가 쉽지 않다. 아직 눈이 남아 있는 도보 길과 자동차가 다니는 길은 대비된다. 눈과 비가 섞여 질척이는 길은 정신을 차리지 않으면 금세 미끄러지고 만다. 자동차는 물을 튀기며 씽씽 달리고 나는 조심조심 한 걸음씩 옮긴다.

한 문학 단체에 가입했다. 가입하기 전 지금의 날씨처럼 내 마음도 혼란의 연속이었다. 오랫동안 손을 놓고 있던 문학에 대한 깊은 고민에 빠져있었다. 글쓰기에 대한 미련은 있으면서 선뜻 손은 가지 않는 기현상으로 고민만 깊었다. 늘 생각뿐이고 가까이 가지 못했다. 그렇게 시간만 보내고 있었다.

모임도 적지 않다. 셋이 모이면 모임 만들자고 하는 우리나라 정서에서 뿌리치기는 쉽지 않다. 그렇게 하나, 둘 만들다 보니 열 손가락이 부족할 정도이다. 덥석덥석 가입하던 젊었을 때와는 달리 나이 들어가면서 모임을 줄여야 한다는 말에 공감이 간다. 감당하기 점점 버거워진다. 모임을 한다는 것은 그 모임에 대한 책임감을 가지고 최선을 다하겠다는 약속이다. 시간을 할애해야 하고 회원에게 관심을 가져야 한다. 그에 따른 모든 것을 수용한다는 마음으로 다가가야 한다. 그래야 유지 가능하다. 쉽게 가입하고 쉽게 그만둘 수 없으니 더욱 생각은 많아진다.

고민 끝에 용기를 냈다. 시간을 함께하겠다는 것은 새로운 관계의 시작이고 생각과 가치를 공유하겠다는 것도 된다. 긴 망설임 끝에 친구를 따라 문학 단체에 가입했다. 친구의 권유가 없었다면 결정은 더 힘들고 길어졌을 거다.

모임 첫날 부담을 안고 갔다. 나이 지긋한 연배의 어르신들이 일제히 일어서며 환영의 인사를 한다. 미안하기도 하고 고맙기도 했다. 간단한 소개를 하고 총회 모습을 지켜보았다. 각 문학 장르에서 하늘 같은 선배님들이다. 시간이 지나면서 마음도 편안해지고 배울 점도 컸다. 그 분야에서 최고의 경지를 걷고 있는 분들을 직접 만나게 된 것도 새롭고 설렜다.

총회 마지막 행사로 경매를 진행했다. 각자 나누고 싶은 물건을 내놓고 경매로 팔리면 그 돈은 본회의 기금으로 내놓았다. 나는 처음이라 조용히 그리고 지켜만 봐야겠다고 마음먹었다. 가지고 싶은 물건이 꽤 많았지만 처음에는 잘 참았다. 그런데 갑자기 두 가지 물건에 손을 번쩍 들고 끝까지 해보겠다는 자세로 뛰어들었다. 가격은 점점 높아졌다. 결국 나로 인해 생각했던 가격보다 많이 높아졌다. 상대방은 손을 내렸고 물건은 내게 왔다. 바로 오카리나이다.

또 한 가지 경매품은 작고하신 청주 출신 수필가에 대한 CD(누비처네)이다. 작가를 알고 있기에 몇 번 손을 들다가 이번 경매에서는 다른 수필가 손을 들어주었다. 경매가 끝나갈 무렵 CD를 구입하신 분이 나를 불렀다. 마음에 들면 가지라며 양보를 해준다. 우린 CD에 글이 실린 목성균 수필가에 대해 이야기를 나누었다. 이분도 목 수필가를 존경한다며 책을 구입하고 싶지만 오백 부를 찍고 더 찍지 않아 구입할 수 없어 안타까워했다. 나는 목 수필가의 책『명태에 관한 추억』을 가지고 있다는 것이 자랑스러웠다. 책을 받고 글이 좋아서 읽고 또 읽었다. 글을 보면 부모 세대의 역사가 고스란히 느껴진다. 우리가 어떻게 살아왔는지 우리가 잊지 말아야 할 것은 무엇인지 또렷이 말하고 있다. 교과서에서 읽는 명수필 같은 느낌을 지울 수가 없다.

오래전 목 수필가가 병원에 입원해 있을 때 병문안 갔던 기억이 떠오른다. 야윈 모습으로 딸에 대한 애정을 드러내시던 분. 그 모습을 고스란히 책에 담아 놓은 분이다. 삶이 글이고 글이 삶인 분이라고 생각했다. 목 수필가의 따님과 나는 한 단체에서 같이 활동했는데 그 인연으로 친필 사인한 책을 전달받았다. 그때 책을 받고 나도 이런 글을 쓰고 싶다고 생각했다.

내게 목 수필가의 CD를 양보한 이방주 수필가도 청주에서 후학을 양성하며 활발한 활동을 하는 분으로 알고 있다. 이방주 수필가는 나를 모르지만 나는 알 것 같다. 직접 만난 것은 처음이지만 그동안 들어온 명성으로 친숙하게 느껴졌다. 다음에 차 한잔 마시며 목 수필가에 대한 이야기를 나누자고 한다. 감사의 인사를 하고 자리로 돌아왔다. 모임은 곧 마무리되고 기념 촬영을 끝으로 헤어졌다.

돌아오는 길. 오랜만에 의욕이 생겼다. 경매하면서 번쩍번쩍 들던 손처럼 의욕을 되살리고 싶다. 날마다 글을 쓰며 흐름을 찾아야 할 것 같다. 혼자라면 길게 못 갈지 모르지만 모임과 함께라면 길게 갈 수 있을 것 같다. 시간은 '즐거움에 따라 흐르는 속도가 다르다'라고 알랭 드 보통은 말했다. 모임에서 활력을 받고 즐겁다면 내게 시간은 또 다른 속도로 다가올 것이다.

# 생각에 대한 생각

　가끔은 생각한 것이 다 현실이 되거나, 그렇지 않으면 아무런 생각을 하지 않고 지내면 편할 것 같다는 생각을 한다. 그러나 생각은 늘 머릿속에 남아서 쉽게 떠나지 않는다. 생각은 쉬지 않고 끊임없이 찾아온다. 생각이 너무 많은 나머지 일어나지도 않은 일까지 당겨서 걱정한다. 그러고 보면 걱정도 생각의 일종이다. 도대체 생각은 뭘까. 생각은 좋은 쪽으로 하면 발전을 가져오기도 할 텐데, 한낱 잡념 따위는 머리 아픈 것이 되기도 한다.

　생각과 관련된 책을 얼마 전에 만났다. 책 제목은 『나도 모르게 생각한 생각들』로 작가는 요시타케 신스케이다. 신스케는 그림책을 많이 냈고 현재도 계속 출간하고 있는 작가이다. 글과 그림을 작가가 직접 쓰고 그리기 때문에 전달이 잘 된다. 신스케 책을 거의 빼놓지 않고 읽고 있다. 너무나 기발하고 신선해서 몇 번씩 읽는다. 내게는 믿고 보는 작가로, 책이 출간될 때마다 구입하는 편이다.

　신스케 작가의 책으로는 처음 접한 『이게 정말 사과일까?』는 신선

한 충격이었다. 식탁 위의 사과 한 개를 보고 사과가 아닐지도 모른다는 생각에서 시작해 빨간 물고기가 몸을 말고 있을 수도 있고, 사과 안쪽이 기계로 차 있을 수도 있다는 생각, 사과도 감정이 있을 거라는 생각, 사과네 형제자매가 있을 수도 있다는 생각, 할아버지의 할아버지의 할아버지가 사과로 변신해서 자신을 만나러 왔을지도 모른다는 생각, 다양한 생각 끝에 하지만 그냥 평범한 사과일지도 모른다는 마무리로 생각을 정리한다. 사과 하나로 온 우주를 들었다 놨다 한다. 어떻게 그런 생각을 할 수 있는지 사물을 다시 보고 느끼고 생각하게 하는 신선한 충격을 주는 작가이다. 신스케가 쓴 책을 보면 한 권 한 권이 기발한 생각으로 꽉 차 있다.

이번에 접한 『나도 모르게 생각한 생각들』 뒷면에 보면 "그 많은 잡념이 어떻게 상상력이 되냐고요?"라고 쓰여 있으며 작가의 생각 노트라고 적혀있다. 신스케는 늘 노트를 가지고 다니며 거기에 무심코 떠오르는 생각을 그려두는 습관이 있다고 한다. 그러니까 거기에 있던 일, 없던 일, 아들하고 놀면서, 전철을 기다리며 메모하고 그린다는 거다.

3장으로 이루어진 이 책은, 1장 '나도 모르게 생각한 생각들', 2장 '아빠라서 생각한 생각들', 3장 '졸릴 때까지 생각한 생각들'로 이루어져 있다. 내용으로 들어가 보면 누구나 생각은 하지만 너무 사소한 것 같아서 거들떠보지 않고 깊이 생각하지도 않은 잡념의 순간으로

버린 것들을 꼼꼼하게 글로 표현했다. 작가가 사소해 보이는 것까지 놓치지 않고 메모하고 그려놓으니 멋진 생각이 되고, 글이 되고, 책이 되는구나 싶다. 그러나 자세히 읽고 다시 읽다 보면 내공의 깊이가 느껴진다. 생각을 구체화 시키는 일, 소소한 것도 결코 소소하지 않게 만드는 작가다.

신스케는 요즘 시도 때도 없이 하는 생각이 너무 별거 아니라서 말하지 않은 것, 너무나 소중해서 말하지 못하는 것, 그런 것에 말을 붙이고 싶다고 말한다. 그리고 그는 일반적으로 소비되고 주고받는 말 이외에도 언어화되지 않은 것이 있다고 한다. 언어화할 가치가 없다고 치부되는 것과 두려워서 언어화하지 못하는 것, 이 둘을 잘 탐색해보면 언어로 표현되지 않은 부분도 많을 거라는 것이다. 그래서 어쩌면 작가는 여기에 조심스레 말을 붙여 나가는 작업을 하는 사람이 아닐까, 라고 말한다.

생각에 대한 생각을 하다 신스케 작가를 만났다. 신스케와 내 생각의 차이는 뭘까. 나는 내가 하는 생각을 나 자신 스스로 대부분 쓸데없는 생각으로 치부하고 버리려고만 하거나 생각과 걱정을 동일시해버리는 경향이 있다. 그리고 늘 생각으로만 생각을 복잡하게 만들 뿐 구체화 시켜보려고 하거나 실천해보려고 하지 않았다. 또한 생각을 기록하여 나만의 방법으로 세상과 소통하려는 생각은 하지 못했다.

신스케는 글 말미에서 어떤 형식으로든 기록을 시작하면 자신의 방법 외에도 재미있는 것이 세상에 많다는 게 보이기 시작한다고 적고 있다. 그러면 남에게, 자신에게, 세상에, 조금은 따뜻해질 수 있지 않을까 싶다는 말도 덧붙인다.

생각을 하다 보면 기발한 생각이 될 수도 있다는 걸 『나도 모르게 생각한 생각들』의 작가 신스케를 통해 배운다. 늘 떠나지 않는 생각들을 잡념으로만 보지 않고 세세히 살펴보고 가까이 생각하여 눈을 함께 키워가야겠다. 수첩과 필기구를 준비하고 출발한다. 생각아, 같이 놀자.

# 꿈을 잡다

직업상 어린 자녀를 둔 어머니들을 자주 만난다. 만날 때마다 느끼는 것은 자녀교육에 관심이 아주 높다는 것이다. 특히 아이가 꿈이 없어서 걱정이라는 말을 자주 듣는다. 그럴 때마다 당연한 시기라고 말한다. 경험의 폭이 넓지 않고 보고 듣는 것도 적은 시기이니 꿈도 여러 번 바뀌며 성장할 수밖에 없고, 아이의 꿈이 생기면 지지해주는 것이 중요하다고 조심스럽게 말 부조를 넣는다.

며칠 전에 본 영화 〈옥토버 스카이〉가 떠오른다. 최선을 다해 자신이 하고 싶고 좋아하는 일을 끝까지 발전시켜 꿈을 이루어 낸 이야기이다. 감동적이고 가슴 뭉클한 영화이다.

배경은 냉전이 지속되던 1957년 웨스트버지니아 주 콜우드라는 어느 탄광마을이다. 이 마을에서 태어난 남자들은 탄광에서 일하는 것을 당연하게 받아들인다. 광부의 아들로 태어난 호머는 소련의 첫 인공위성 발사 성공에 대한 뉴스를 접하고 자신이 진정으로 되고 싶은 것이 무엇인지 알게 된다.

미식축구에 뛰어난 형은 미래가 정해져 있지만 형에 비해 잘하는 것이 없는 호머는 집안에서도 마을에서도 광부가 되는 것이 당연하다고 생각한다. 주변의 반대에도 불구하고 호머는 로켓 발사를 위한 꿈을 접지 않는다.

"탄광 일에 만족하면 안 돼. 왠지 알아? 넌 다른 계획이 있기 때문이야."

"과학은 수학이 필요해. 넌 수학을 싫어하잖니. 꿈만 가지고 콜우드를 벗어날 수는 없어."

"때로는 다른 사람 말 들을 필요 없어. 너 자신에게 귀를 기울여 봐."

"난 네가 해낼 줄 알았어. 꿈을 꾸는 자는 그 꿈을 닮아가기 마련이야."

이렇게 말하며 끝까지 호머를 격려하고 포기하지 않도록 하는 사람은 학교 과학 선생님 라일라이다. 좌절하는 순간마다 라일라 선생님은 더욱 용기를 준다.

아버지와의 대화에서도 호머의 생각은 분명하게 드러난다.

"탄광은 아버지 인생이에요. 제 인생은 아니에요."

"우린 모두 사물을 똑같이 보진 않아요. 사람들은 저마다 견해가 다르죠. 하지만 내가 무언가 될 수 있다고 난 마음으로 믿어요. 그리고 그건 제가 아빠와 다르기 때문이 아니에요. 똑같기 때문이죠."

"제가 바라는 건 아빠처럼 좋은 사람이 되는 거예요. 물론 본 부른 박사님은 위대한 과학자예요. 하지만 제 영웅은 아니에요."

"난 탄광으로 안 가요. 나는 우주로 가요."

선생님은 호머를 믿어주고 포기하지 않도록 했으며, 아버지는 아버지가 맡은 탄광 일에 최선을 다했으며, 호머는 자신의 뚜렷한 꿈을 위해 최선을 다하는 모습을 보여준다. 호머는 명문대 입학과 함께 꿈을 향해 다가간다. 호머는 과학자의 꿈을 향해 나아가 마침내 미 항공우주국NASA의 과학자가 된다. 이 영화는 실화를 바탕으로 만들어진 이야기이다.

〈옥토버 스카이〉, 이 영화는 호머를 통해 자신의 꿈을 구체화 시켜 나아가는 과정을 그리고 있다. 호머가 꿈을 꾸지 않고 광부가 되는 것이 당연하다고 받아들였다면 지금의 호머는 없다. 또 호머의 꿈을 라일라 선생님이 지지해주지 않았다면 한낱 꿈에 그쳤을지도 모른다. 그러나 호머의 꿈은 인류의 꿈인 항공우주국까지 나아간다. 꿈을 찾는 것이 왜 중요한지, 꿈을 따라서 산다는 것이 어떤 삶인지, 꿈을 지지받는다는 것이 어떤 의미인지 깊이 생각해 보게 하는 영화다.

사람들은 무한한 가능성이 있다고 말은 하지만 그 말을 증명할 만큼 최선을 다하기는 쉽지 않다. 그 꿈을 응원받기도 정말 어렵다. 주변에는 흔들리게 하는 것들이 가득하다. 그 과정을 거치며 꿈을 향해 나아가는 일은 무엇보다 중요하다. 꿈은 희망이다.

# 스님의 향기

이제야 만나러 간다. 다녀오면 마음의 평화를 얻을 수 있다는 말을 들고 벌써부터 오고 싶던 곳이다. 덕주사 마애입상여래불을 만나러 가는 길은 돌계단으로 이어진다. 덕주사에서 1.5킬로미터를 걸어서 올라가면 나온다. 돌과 나무, 계곡이 어우러져 가는 길이 아름답다. 좋아하는 사람들과 가는 길은 마음까지 즐겁다. 바위에 앉아 쉬어가며 나누는 대화까지 산은 넉넉히 품어준다.

한참을 오르는데 조금씩 들려오는 소리는 마음을 비우라는 말로 계곡을 타고 흐른다. 걸음마다 새가 삐리리 삐리리 하며 가는 길을 안내한다. 드디어 마애불이 눈에 들어온다. 얼마나 궁금했던가. 얼마나 보고 싶었던가. 이제야 인연이 되어 만난다.

큰 바위에 새겨진 마애불, 거대하고 섬세하다. 부처님은 어떻게 이토록 긴 세월 변함없이 한자리를 지키며 수많은 사람을 맞을까. 이리 웅장한 모습으로 조각한 사람은 누굴까. 눈가가 뜨끈해진다. 마애불 위에 사리탑이, 마애불 서쪽에 소나무와 대웅전이, 마애불 뒤편에는 산신각이 자리해있다. 마애불의 후덕한 모습. 고구마, 녹차, 사탕을 올려놓고 부처님 전에 한참을 앉았다. 마음이 편안하고 잡념이 사라진다.

스님은 우리 일행을 반갑게 맞는다. 함께 간 지인의 지인이 연락해 놓아서 그런지 청주서 왔는지 묻는다. 연락을 받았다며 커피를 손수 갈아서 주시는 데 어찌나 향기가 좋고 맛있는지 두 잔을 마셨다. 그리고 또 주신다. 이번에는 나뭇잎 꿀에 차가버섯을 한 잔씩 타 주셨다. 처음 먹는 차다. 나뭇잎 꿀이 있다는 것도 처음 알았다. 귀한 대접을 해주는 스님 얼굴이 맑다.

스님은 말씀을 참 잘하신다. 다방면으로 아는 것도 많고 거기다 유머까지 있어 시간 가는 줄 몰랐다. 세 시간이 금세 지나버렸다. 오후 네 시가 넘어가자 주변이 조금씩 어두워지기 시작한다. 종무소에서 나왔다. 스님께서 포토존을 알려주며 사진을 찍어준다. 사진찍기를 망설이는 스님께 함께 찍자고 우리가 부탁드렸다. 팔짱을 껴도 되는지 묻자 웃으며 안된단다. 옷깃만 스쳐도 인연이라 절대 안 된다고 해서 크게 웃었다. 인사를 나누고 내려왔다. 길은 벌써 어둠을 데리고 서성거렸다.

셋이 내려오면서 기분 좋다는 말을 참 많이도 했다. 걸음마다 기쁨이 넘쳤다. 인연이란 묘하다. 어찌 이곳에 오게 되었으며, 마애불을 만나고 스님을 만나게 되었을까. 한마디 한마디가 참으로 가슴에 남는다. 물 흐르듯 자연스러운 스님의 말속에서 내가 가졌던 의문들이 해소된다. 믿음에 관한 자세, 종파와 관련된 이야기, 사람들과의 관계 맺기, 끊임없이 올라오는 많은 생각들, 즉 번뇌, 상담, 정치와 영화까지 다양한 이야기를 들었다. 어느 한쪽으로 치우침도 막힘도 없다. 또 오고 싶다고 했더니 언제든 환영한단다. 그렇지만 얼마나 머물게 될지는 모른단다. 인연이 있으면 다시 볼 수 있을 거라고 한다.

스님께서 배웅해주며 직접 만들었다는 비누를 선물로 주신다. 비누 향이 은은하다. 내려오는 내내 스님의 향기도 비누 향처럼 은은하게 흐른다.

함께한 지인들과 스님, 마애불을 만나고 이야기 나눈 것만으로 머리가 맑고 마음이 편안해진다. 절을 내려가면 다시 찾아드는 번뇌가 마음에 무겁게 내려앉을 때마다 마음 챙김을 하러 와야겠다.

# 그가 있는 곳

그와 인연은 언제부터였을까. 아이가 고등학교 다닐 때 만났으니 적잖은 시간이 흘렀다. 늘 조용하고 차분하여 마음의 평안을 얻고 감사한 마음으로 돌아서게 만든다. 같은 또래의 친구지만 속이 깊고 친정 언니처럼 이것저것 챙겨주고 싶어 하는 마음이 늘 고맙다.

그가 농장에 집을 지었다며 바람 쐬고 가란다. 장거리 운전에 취약하여 용기를 내지 못할 때 친구가 나서 준다. 이럴 때 친구는 내 결단력에 불을 지펴 실천하게 만든다. 그래서 이 친구와 함께 일 년에 두어 번은 그를 보러 간다.

차창 밖으로 보이는 풍경이 고요하다. 나무는 자신을 가감 없이 보여주고 하늘은 파랗다. 창문으로 시원한 공기를 느끼고 싶어 한 번씩 유리 창문을 오르내린다. 명절이 끝나고 맞는 나들이라 더 편안한 길이다. 명절증후군이 누구에게나 있는 것이 아니라고 해도 누구에게나 없는 것은 아니다. 내게 명절증후군은 늘 명절보다 먼저 찾아온다. 이유 없이 가라앉고 우울하다. 이런 증상은 며칠간 지속된다.

초록 미술관

시간이 지나면 스스로 치유되지만 길게 갈 때도 더러 있다. 명절 지나고 맞는 첫 주말. 몸도 마음도 지쳐 있을 때 불러주니 고마워서 얼른 나선 길이다.

도시에서 조금씩 멀어지며 시골 풍경은 짙어지고 무거운 마음은 가벼워진다. 친구가 음악을 높인다. 풍경과 노래가 어울려 유쾌하다. 꼬불꼬불 휘어진 길을 지나고 고도가 점점 높아졌다 내려가기를 반복하던 길이 끝나고 반가운 모습이 우리를 맞는다.

햇살이 잘 드는 곳에 심플하면서 단아한 집 한 채가 들어섰다. 마당이 넓다. 집안으로 들어서니 햇살이 깊숙이 들어와 주인 부부와 따뜻한 이야기 나누는 중인 듯하다. 밝은색으로 실내를 꾸며서 탁트인 채광과 더불어 더 밝아 보인다. 옥탑방을 오르는 계단과 방은 측백나무 향으로 코가 뻥 뚫린다. 참 예쁘다. 거실에 앉으면 멀리 산이 들어온다. 첩첩이 포개진 산의 풍광은 멋진 그림이다.

구경하다 내 마음에 쏙 드는 작은 방을 만났다. 작은 방 네 면의 벽 중에 창을 두 벽으로 내서 밖을 볼 수 있게 해놓은 것이다. 액자처럼 방으로 들어오는 자연이 마당에서 보는 풍경보다 더 아름답다. 그 방에 머무르면 무엇이든 하고 싶은 의욕이 생길 것 같다. 주인장인 그는 몇 년 전부터 한지공예를 하고 있다고 한다. 지난해는 입선할 정도로 실력을 인정받지만 겸손한 그는 한사코 아직은 멀었다고 손사래를 친다. 공예품을 보면서 깜짝 놀랐다. 마음을 다스리듯 하나하나 꼬아서 만드는 작품으로 시간과 노력이 엄청나게 드는 작업이다. 작품을 보면서 요즘같이 빠르고 돈 되는 일을 찾는 사람들에게 공예란 어떤 의미일까 생각한다.

집을 나서는데 홍시를 담고, 아로니아를 담고, 표고버섯을 담고, 사골국을 담고, 고기까지 넣어준다. 우리가 온다고 사골을 고았다고 하니 그 정성이 놀랍다. 병에 담아 챙겨서 차에 실어주는 그. 자꾸 오고 싶게 만들고, 자꾸 보고 싶게 만든다. 힐링하고 싶을 때 언제든 와서 쉬었다 가라는 그의 진심이 느껴진다.

아이들로 인해 만난 친구들이 시간이 지나면서 곰국처럼 진한 사이가 되었다. 헤어질 때 뒤를 돌아보게 되는 사이. 돌아서면서 다시 올 날을 달력에 표시하고 싶은 사이. 봄 냄새가 솔솔 올라오는 날에 양손 가득 인정을 들고 찾아가련다.

초록 미술관

# 나이 든다는 것은

　한 달에 한 번 책을 읽고 나누는 모임이 있다. 책은 주제를 정하여 고령화, 다문화, 철학, 생태, 미술, 심리학, 역사 등 다양하게 살펴보고 있다. 연령과 직업은 다르다. 저마다 살아온 환경이 다른 만큼 삶이 그대로 대화에 투영되고, 자아와 가치관이 뚜렷하면서도 차이를 인정하고, 서로의 생각을 존중한다. 서로에게 좋은 영향을 미치는 모임이다.

　이번 달에는 헨리 데이비드 소로우가 쓴 『월든』을 함께 읽었다. 소로우가 자발적 실천을 한 글이다. 자발적으로 실천한다는 것은 쉬운 일이 아니기에 이 책은 더욱 가치가 있다. 오래전에 읽었을 때는 지루하다고 느꼈던 책이다. 어떤 구절들은 노트에 필사하고 싶을 정도로 좋았지만 어떤 부분은 너무 읽히지 않아서 자주 덮던 책이다. 이번에는 달랐다. 거의 모든 구절이 다가왔다. 토론자 중 나보다 연배가 있으신 분들은 더 크게 공감했다. 책 읽기도 자신의 경험과 연륜에 따라 달리 읽히는 이유이다.

갈수록 기후 위기 문제가 심각하다. 저자 소로우 같은 삶이 필요한 시대에 살고 있다. 자발적 실천은 지금 시대에 더욱 중요하다.

토론의 결론은 책을 읽기만 한다면 의미가 없지 않겠냐는 대목에서 모두 동의했다. 작은 것 하나라도 실천하는 것이 중요하다. '책을 읽고 좋았어. 또는 그렇구나' 하고 책장을 덮는다면 변화는 없다. 변화는 실천하는 데 있다. 다만 실천이라는 것을 거창하게 생각하면 어려워진다. 가령 쓰레기 하나라도 줍는 일, 분리수거를 제대로 하는 일, 짧은 시간만이라도 소등하는 일, 가까운 거리는 걸어서 다니는 일, 용기를 들고 음식점을 방문하는 일… 이 모든 것은 작지만 이 시대에 필요한 작은 실천의 한 방법이 아닐까.

나이가 축복이 되려면 노년에는 새로운 삶을 창조하라는 말이 있다. 새로운 삶이란 지혜와 성찰을 두고 하는 말이다. 나이가 들어가면서 하나씩 하나씩 깨달아갈 수 있는 책 읽기. 서로의 생각을 나눌 수 있는 책 읽기. 실천의 방법을 찾아보는 책 읽기. 자신을 돌아보고 좋은 영향을 주려고 노력하는 책 읽기. 이래서 나는 책 읽는 모임이 좋다.

초록 미술관

## 도서관에 가다

"어머, 아이가 코를 골며 자요."

여기저기서 이런 말이 들리고 사람들의 시선은 아이를 향해 있다. 보던 책을 덮고 사람들이 가리킨 쪽을 보는 순간 깜짝 놀랐다. 여섯 살짜리 아들이다. 조용하던 열람실에 코 고는 소리는 점점 더 커졌다. 아이를 흔들었다.

시간만 나면 도서관으로 향하던 시절이다. 결혼과 함께 청주로 오면서 아는 사람도 없고 강한 사투리 때문에 사람들과 어울리는 일이 불편하던 때이다. 남편이 출근하고 나면 아이 둘의 손을 잡고 시내버스를 타고 내려서 언덕을 한참 올라간다. 가파른 언덕을 올라가다 보면 방송국이 나오고 조금 더 오르다 보면 충혼탑이 나온다. 충혼탑이 보이면 다 올라온 것이다.

도서관에 도착하면 1층 아동실에서 책을 읽거나 책을 빌려 열람실로 간다. 여자열람실과 남자열람실이 구분되어 있다. 그렇지만 어린 아들을 남자열람실에 혼자 둘 수 없어서 여자열람실을 자주 이용했다. 누나와 함께 잘 적응해 자주 데리고 다녔다. 도서관 건물 지하에 가서 간식도 사 먹고 저녁밥까지 해결한 후에 남편이 데리러 오면 같이 집으로 간다.

고층 아파트가 많지 않던 청주의 모습은 도서관에 가면 사방이 확 트여서 아주 잘 보인다. 도서관 주변에 살면 날마다 책을 볼 수 있고 걸어서 다닐 수 있어서 참 좋겠다는 생각을 여러 번 했다. 도서관이 거의 없던 시절이라 도서관에서 책을 골라 읽을 때면 부자가 된 것처럼 기뻤다. 그러다가 아이들은 점점 바빠지고 주말 정도만 이용할 수 있었다. 도서관에 가서도 문제지 푸는 일이 책 읽는 시간보다 조금씩 더 늘기 시작했다. 대학을 진학하면서 차츰 발길이 끊어졌다. 그 후로는 나 혼자 다녔다.

처음 청주 왔을 때 낯선 환경에 적응하게 해준 것은 도서관이다. 경상도를 한 번도 벗어난 적이 없던 나는 유독 사투리가 심하다. 지금은 고향이 어디냐고 물으면 평창 올림픽으로 유명해진 컬링선수들의 고향이라고 하면 대부분 사람은 '아, 의성이구나'라고 한다. 그전까지는 아무리 의성이라고 발음을 해도 자꾸만 되묻거나 엉뚱한 단어로 되돌아와 말을 하고 싶지 않았다. 낯선 환경에 적응이 어렵던 나는 더욱 도서관이 좋았다. 도서관에 가면 아무도 말을 걸지 않았다. 침묵이 가능했다. 지금은 내가 하는 사투리가 재미있다며 내 말을 따라 한다. 그러면 신이 나서 더 심한 사투리로 말한다. '왜 이제

책을 갖고 왔노', '이름이 뭐꼬?', '그리 재미있더나' 이러면 시골에서 왔냐고 아이들이 묻는다. 한바탕 웃는 여유가 생겼다.

열람실에서 코를 골던 그 아이는 서른이 넘었다. 주말에 집에 내려온 아이에게 도서관을 가보자고 했더니 기분 좋게 수긍한다. 우리가 자주 다니던 중앙도서관은 얼마 전부터 교육도서관으로 이름이 바뀌었다. 이름만 바뀐 것이 아니라 주변도 바뀌고 시설도 바뀌면서 좋아졌다. 방송국이 있던 자리는 미술관이 되었고, 좁던 주차장은 여러 대를 주차할 수 있는 공간으로 넓어졌다. 도서관에서 바라보는 풍경도 달라졌다. 주변에는 고층 건물이 늘었다. 예전에 일찍 가야 자리 차지하던 것과 달리 예약하고 자리 배정을 받는 방식으로 바뀌었다. 도서관에서 운영하는 프로그램도 풍부하고 도서관 이용자 모두를 위해 너무나 편리하게 변화했다. 이용자에게 불편함이 없도록 최선을 다한 모습이 보인다. 날마다 쏟아져 나오는 신간도 잘 갖춰있다. 예전에 비하면 교육도서관이 여러모로 아주 편리하고 접근성도 좋아졌다.

도서관을 둘러보다 1층 로비에 있는 카페에서 차를 마셨다. 도서관만큼 내 모습도 변했다. 주름은 늘고 도서관 이용 횟수는 줄어들었다. 시험공부도 많이 했고, 원하는 책도 마음껏 찾아 읽고, 아이들을 키워주던 도서관이다.

아들한테 열람실에서 잠자던 생각이 나는지 물었다. 날 것도 같은

데 명확하지는 않다고 한다. 엄마랑 누나랑 도서관 다녔던 기억이 참 좋다며 자신도 결혼하면 아이들과 도서관을 다니고 싶단다. 소중한 추억은 오래도록 남는다.

초록 미술관

# 배경

단풍이 꽃보다 아름다운 계절이다. 시월의 마지막 휴일 친구 둘과 길을 나섰다. 가벼운 산책을 하자는 생각에서 시작되어 도심을 벗어나 화양계곡으로 향했다. 갑작스러운 추위 탓에 다른 해보다 단풍이 덜 고울 거라는 말도 있지만 길을 나선 것만으로 마음은 이미 단풍에 물든다.

화양계곡에 도착하자, 단풍이 곱다. 입구부터 단풍이 불을 지른다. 단풍나무 아래 서서 포즈를 취하고 카메라로 서로를 찍는다. 셋이 참 오랜만에 느껴보는 여유이다. 햇살은 우리를 비춰주고 바람도 고요하다. 걷는 길에 낙엽이 눈처럼 쌓여 눈길을 사로잡는다. 나무는 자기 자신을 내려놓을 때를 아는 듯하다.

고운 빛깔과 더불어 주변 풍경 하나하나가 가을을 느끼기에 충분하다. 차르르 쏟아지는 햇살, 잔잔히 흐르는 물줄기. 듬직한 바위, 존재를 알리는 새 소리…. 오감을 활짝 열고 카메라 셔터를 눌렀다. 친구 모습을 찍고 자연을 담다 보니 걸음은 제자리다. 사소한 것까지 아무것도 놓치고 싶지 않다.

빨간 단풍잎이 햇살에 반사되어 더욱 붉은 단풍나무 아래 앉았다. 셋이서 찍은 사진을 펼쳤다. 그렇게 열심히 눌러댔는데 내가 찍은 사진은 괜찮은 것을 고르기가 어렵다. 친구 둘이 찍은 사진은 다 멋지다. 한 장 한 장을 보면서 감탄을 자아냈다. 나는 열심히 찍은 것 같은데 만족스럽게 나온 사진이 없는 원인이 무엇일까? 친구에게 물었다. 어떻게 해야 잘 찍을 수 있는지 배우고 싶다. 특별한 기술은 없고 사진을 찍을 때 배경을 중요하게 생각한다는 것이다. 단풍은 빛과 친구 해야 돋보이며 빛을 받을 때 더욱 선명하게 빛난단다. 사진의 배경을 생각하면서 찍는다는 말에 공감이 갔다. 다시 보니 사진은 배경과 어울려 한 장 한 장이 살아 있다.

곱게 물들어가는 단풍은 단풍대로 아름답고, 이미 빈 가지를 드러내고 자신의 둥지 아래로 다 떨어뜨려 놓은 잎사귀는 그대로 아름답고, 푸른빛과 갈색빛을 함께 지닌 나무는 또 그대로 아름답다. 그 아래에 서 있는 친구는 친구들대로 아름답다. 이 모두는 왜 아름다울까? 나무 한 그루만으로도 아름다울 수 있지만 배경으로 인해 더욱 돋보이는 것이 아닐까. 산과 나무, 물과 바위, 가을과 사람, 길과 낙엽, 햇살과 하늘, 이 모든 것은 서로에게 배경이다.

우리가 만나는 사람 중에도 배경의 역할을 해 상대를 돋보이게 하는 사람이 있는가 하면 자신만 돋보이려는 사람이 있다. 내가 찍은 사진 역시 배경의 중요성보다 바로 보이는 것에 힘을 주면서 아름답지 못했던 것 같다. 배경이 없는 사진, 배경이 되지 못하는 사람, 이런 경우 꽉 차게 화면에 담은 것 같은데 전혀 아름답지도 조화롭지도 못한 그저 특징 없이 밋밋한 사진처럼 사람도 그런 것은 아닌지.

사진을 보며 친구들과 이야기를 나누었다. 우리도 서로에게 좋은 영향을 주는 배경이 되자고, 지금처럼 앞으로도 변함없는 마음의 배경이 되자고, 이렇게 가을 단풍은 내게 말을 걸었다. 무엇을 위해 살아가는 것이 아니라 어떻게 살아가야 할지.

# 도서관과 함께 크는 아이들

1학년 신입생은 도서관에 오는 것이 신기한 듯 하루에도 몇 번씩 왔다 간다. 자신의 사진과 이름이 적힌 대출증이 찍힐 때마다 삑삑 소리를 따라 하기도 하고, 책 빌려주는 값이 얼마인지 묻기도 한다. 무슨 책을 고를지 모르겠다며 도서관을 빙빙 돌다가 다시 와서 골라 달라고 하는 아이도 있다. 책 고르는 것도 책꽂이에 손닿는 것도 버거워 보이지만 그렇게 책과 함께 커서 고학년이 되면 어린 모습은 완전히 벗고 의젓한 형과 누나가 된다. 재미있게 읽은 작가의 책을 권하기도 하고, 신간 도서가 언제 들어오는지 묻기도 하며, 무슨 책을 읽고 싶으니 꼭 비치해달라는 주문서를 주고 간다. 현재는 미래가 되고 과거가 되어 6년이란 시간 동안 깊고 단단해져 다음 단계를 이어 갈 준비를 한다. 아이들의 성장에 있어 도서관은 더없이 중요한 공간이다.

내가 사서가 되고 싶었던 가장 큰 이유는 도서관에 근무하면 책은 실컷 읽을 수 있겠다는 기대감에서다. 도서관에 갈 때마다 이곳 직원이 되면 조용하고 여유 있게 다양한 독서를 할 수 있겠다는 생각을 늘 했다. 도서관에 근무하게 되면서 보니 그건 나만의 착각이다. 곁에서 보는 것과 직업으로 대할 때와는 엄청난 차이가 있다. 현장은 완전히 다르다. 시간이 지날수록 사서는 책을 읽기보다 만지는 직업이라는 현실을 실감했다. 특히 초등학교 도서관 특성상 시시각각 아이들이 드나들고 도서관과 관련하여 업무량은 끝이 없다.

나만의 조용한 독서 시간은 전혀 나지 않고 종일 동동거려야 한다. 도서관 문을 열면서부터 문을 닫을 때까지 전교생 대부분을 만나는 것 같다. 불평으로 내 얼굴은 점점 변하고 사소한 일에도 화를 자주 냈다. 나를 대하는 상대방은 내 심기를 미리 알아차리고 눈치를 봤다. 나중에서야 나를 위한 욕심을 부리면 부릴수록 불만이 커지고 상대를 불편하게 만든다는 걸 알았다.

생각을 바꾸기로 하고 출근하기 전에 거울을 봤다. 웃는 연습과 함께 아이들에게 친절한 모습과 다정한 말을 하려고 노력하기 위해서였다. 도서관에서 여는 문화행사도 아이들 모두 참여할 수 있고 만족할 수 있게 하려고 준비했다. 내가 변하자 도서관을 찾는 아이들도 변하기 시작했다. 묻지 않는 말도 들려주고 경직되지 않는 부드러운 모습으로 바뀌어 갔다. 도서관을 이용하는 아이들과 찾아오는 횟수도 점점 늘어나 도서관은 늘 활기찼다. 하루하루 한 명 한 명 도서관에서 만나는 아이들이 예쁘고 소중하다.

6년이라는 시간을 같은 공간에서 지내는 아이들에게 내가 해야 할 역할은 무엇일까. 좋은 책을 준비하는 것도 중요하고, 행정업무를 잘하는 것도 중요하고, 동아리 활동도 중요하고, 문화행사도 중요하고, 환경정리와 청소를 잘하는 것도 중요하고, 사실 중요한 일과 꼭 해야 할 일은 수도 없이 많아 일일이 열거하기 어려울 정도이다. 그렇지만 도서관을 통해 아이들이 미래에 대한 두려움을 없애고 가보지 않은 길에 대한 호기심을 키워가면 좋겠다. 그 역할을 하기 위해 도서관은 무엇보다 자주 오고 싶은 곳이어야 한다는 생각이 든다. 어떻게 하면 아이들이 꾸준히 도서관을 좋아하게 될까, 하는 고민은 현재진행형이다.

아이들은 내가 보내는 마음과 눈빛을 책을 읽듯 잘도 읽어낸다. 내가 건네는 미소, 말 한마디 한마디와 행동은 도서관과 친해지게도 하고 멀어지게 할 수도 있다는 생각을 한다. 도서관과 관련된 명언은 많지만 빌 게이츠의 "나를 키운 건 8할이 동네 도서관이었다"라는 말은 널리 알려진 일화다. 내가 만나는 아이들이 커서 '나를 키운 건 8할이 학교도서관이었다'라는 말을 꿈꿔본다. 아이들이 도서관과 함께하며 책을 통해 저마다의 향기를 지닌 꽃을 탐스럽게 피워내길 소망한다.

# 영화 두 편

　명절 연휴가 막 지나는 중이다. 몸을 바삐 움직여야만 지나갈 수 있는 명절이다. 연휴 마지막 날, 딱 하루를 남기고 모든 일정을 마무리하고 거실 소파에 앉았다. 밤에 마신 막걸리 때문인지 머리가 아프다. 원래 술에 약하지만 명절 때면 시댁 동네에 있는 전국에서 유명하다는 ○○막걸리 집에 들러서 막걸리 몇 병을 사 온다. 신지식인에 여러 차례 소개된 적 있는 막걸리 집이다. 나도 한 병쯤은 며칠에 나눠서 마시고 옆집에도 몇 병 갖다 준다. 검은콩 막걸리가 유명하다고 해서 그동안 줄곧 마셨는데 이번에는 생막걸리로 바꿨더니 입맛에 제법 맞다.

　그런데 막걸리 한 사발의 힘이 엄청나다. 저녁에 마신 술이 다음날까지 힘들게 한다. 머리가 아프고 트림은 계속 나오고 누워 있고 싶었다. 대가족과 헤어져 집으로 돌아오고 오붓하니 하루 남은 연휴가 소중하고 여유롭다. 속을 달래고 나서 텔레비전 앞에 앉았다. 며칠간의 분주하던 큰 명절이 이제야 지나간 걸 실감할 수 있다. 결국 남는 건 높아진 카드 결제 금액과 두루뭉술 앞뒤 구분하기 어려워진 몸이다.

소파에 앉으니 늘어난 무게가 부담스러운지 삐그덕 소리를 몇 번 내더니 포기한 듯 이내 조용히 나를 받아준다. 소파에 누웠다. 가장 편안한 자세이다. 온전히 긴 소파를 다 차지하고 누워서 텔레비전 채널을 돌렸다. 명절 연휴에 좋은 점은 영화를 방송사마다 보여준다는 점이다. 나이 들수록 폭력성이 있는 영화는 멀리하게 된다. 젊었을 때는 추리하는 것도 재미있고 뭐든 즐겨 봤지만, 이제는 서정적이고 스토리가 있는 인생 이야기나 따뜻해서 마음을 촉촉하고 말랑하게 만드는 영화가 좋다. 마침 이번에 관심 있는 영화 두 편을 상영해 준다고 하여 기대되었다. 한 편은 오전에 한 편은 밤에 했다. 두 편다 챙겨보았다.

한 편은 〈나의 특별한 형제〉이다. 시설에서 함께 지내는 장애가 있는 두 사람이 서로 도와가면서 살아가는 이야기다. 피 한 방울 섞이지 않았지만 이십 년 동안 한 몸처럼 살아왔다. "어려운 사람이 어려운 사람을 돕는다"는 신부님의 말이 귀에 맴돈다. 신하균(세하 역), 이광수(동구 역)의 연기력도 돋보인다.

또 한 편은 〈자산어보〉이다. 정약전이 흑산도로 귀향 가서 창대를 통해 바다 생물에 관심을 가지고 책을 쓰게 된다는 이야기이다. 그 책이 영화 이름과 같은 〈자산어보〉이다. 정약전(설경구)과 창대(변요한)의 대화는 세상을 바라보는 눈을 키우게 한다. 두 사람의 대화 중에 특히 기억에 남는 대사는 "성리학, 노자, 장자, 서학 가리지 않고 공부한 것은 사람이 가는 길을 알고자 했던 것인데 창대가 물고기에 대해 아는 것만큼도 알아낸 게 없다"라며 "애매하고 끝 모를 사람 공부 대신 자명하고 명징한 사물 공부에 눈을 돌리기로 했다"는 말이다. 그리고 창대가 질문을 그만하라고 하자 질문이 공부지 외우기만 하는 공부가 나라를 망쳤어라는 말과 벗을 깊이 알면 내가 더 깊어진다는 말이 기억에 남는다. 새로운 것을 받아들이려는 정약전의 자세는 영화 보는 내내 흐뭇하게 다가왔다.

하루 남은 연휴에 두 편의 보고 싶던 영화를 봤다. 명절을 보내며 버거웠던 것들이 영화를 통해 씻겨 나갔다. 영화는 대부분 세상을 향해 메시지를 주려고 한다. 두 편의 영화는 무슨 말을 하고 싶었을까. 서로 돕고 사는 것이 무엇인지, 전문가란 누구인지, 세상을 향해 약자들의 목소리를 어떻게 내야 하는지, 우리는 들으려고 하는지, 이런 말을 하고 싶었던 것은 아닐까 생각해 본다.

조금씩 변화한다고는 하지만 여전히 명절을 지내는 풍습은 그대로인 집안들, 대의명분이 중요한 세상, 부정하고 싶지만 그대로 답습하고 있는 현실, 또 이렇게 대를 이어갈까, 세대가 바뀌면 변화가 올까.

피를 나눈 형제는 아니지만 세하와 동구가 비장애인보다 더 서로를 도와가며 살아가는 것과 창대가 양반이 되고 싶어 아버지를 찾아가 원했던 삶을 꿈꿔봤지만 결국은 제자리로 돌아오는 것처럼, 변화는 쉽지 않은 것 같다. 기계적인 변화 속도에 비하면 사람들 의식의 변화는 속도가 더딘 듯하다.

텔레비전이 이렇게 위로가 된 적이 없다. 두 편의 영화 속을 깊게 들여다보는 것도 중요하지만 내가 보고 싶던 영화를 편안하게 보고 나니 연휴를 꽉 채워 지낸 듯 기분이 나아진다.

# 편의점을 찾아서

　김호연 작가가 쓴『불편한 편의점』을 독서 모임에서 읽기 책으로 선정했다. 저마다 발제해온 글을 발표하며 이야기를 나누었다.『불편한 편의점』은 그야말로 편의점답게 편한 것이 아니라 불편한 점이 많다. 매장에 갖춰진 물건이 그렇고 독고라는 독특한 사람이 물건을 팔고 있어 더욱 그렇다. 그렇지만 그 편의점에 묘하게 끌리고 자주 드나들다 보면 조금씩 변화해 가는 자신의 모습을 발견하는 곳이다.

　편의점, 그 속에 여러 사람의 삶이 흐른다. 편의점은 역 같기도 하고 마음 힐링을 할 수 있는 따뜻한 공간이기도 하다. 이런 역할을 하는 누군가가 있을 때 편의점은 인생을 나눌 수 있는 곳이다. 그 역할의 중심에 염 여사와 독고 씨가 있다. 독고 씨가 편의점에서 일할 수 있도록 한 사람은 염 여사이다. 염 여사는 돈도 되지 않는 편의점을 이끌어가며 아르바이트생에게 희망을 준다. 특히 염 여사가 믿어준 독고 씨는 노숙에서 벗어날 수 있었고, 독고 씨는 편의점을 찾는 사람들에게 희망이다. 독고 씨는 점점 자신이 누구인가를 알게 되며 가족을 만나러 가면서 소설은 끝이 난다. 지금처럼 어려운 시기에 염 여사 같은 사람이 많으면 세상은 따뜻하고 살맛 나는 곳으로 바뀐다.

책이 갖는 힘은 크다. 토론이 끝나고 회원들은 근처 편의점으로 향했다. 책에 나오는 것처럼 원 플러스 원으로 파는 라면을 사 먹기로 했다. 볶음김치도 샀다. 뜨거운 물을 부어 3분을 기다려 호로록 호로록 먹어 보는 컵라면은 맛있다. 회원 중 한 분이 요즘 아이들은 '편세권'을 제일 중요하게 여긴다고 한다. 편의점이 없는 곳에는 이사 가지 않겠다고 한다니 정말 많이 변했다. 나만 해도 편의점 하면 학생들이 이용하는 곳으로 생각하고 거의 이용하지 않는다. 책을 읽으며 내 시선도 바뀐다.

그동안 대형마트를 이용하며 편의점으로 눈을 전혀 돌리지 않았다. 『불편한 편의점』을 읽은 후 동네에 있는 편의점으로 자꾸 눈이 간다. 편의점 안을 살펴보게 된다. 무엇을 파는지, 누가 알바를 하고 있는지, 어떤 것이 잘 팔리는지, 이용자는 누구인지, 기웃거리며 한 번씩 제품을 산다. 회원 중에는 몇 년 만에 컵라면을 먹어 본다는 분도 있고, 편의점은 처음 이용한다는 분도 있다. 멀게 느껴진 편의점 이용이 너무 가까이 있다. 편의점을 둘러보고 이용해본 회원들 모두 공통적으로 생각이 바뀌었다고 입을 모았다. 책의 힘이다.

이제 편의점은 편리하고 아늑한 공간으로 동네 사랑방이 되어간다.

나이에 구애 없이 누구나 쉽게 이용할 수 있고 다양한 서비스가 이루어진다. 동네 슈퍼는 모두 편의점으로 바뀌어 간다. 그 옛날 쌀을 사러 동네 슈퍼를 들리고 외상으로 구입하던 우리 어머니 세대는 급전도 빌리고 동네 소식은 모두 슈퍼에서 귀동냥하던 시대가 있었다.

오빠 친구분이 슈퍼를 하다가 편의점으로 이름을 바꿔 달고 달라진 풍경에 적응하기 어려웠다는 말을 한 적이 있다. 인간적인 면에서, 이용자들 면에서, 제품 면에서 안 바뀐 건 아무것도 없다고 한다. 편의점이란 간판 없이는 손님들이 오지 않는단다. 대기업에서 인수하고 브랜드 이름을 달고 동네마다 편의점이 성업 중이다. 영세한 곳은 자본에 밀려 자꾸만 작아지거나 사라지게 되고 불편을 넘어 서서히 기억 속에서 잊힌다. 그러나 어쩌랴! 시대가 바뀌고 있다. 이제는 편세권이 아니면 주거의 불편을 느낄 정도이다. 변화의 속도를 따라가지 않으면 살아남기 어려운 시대라는 거다.

『불편한 편의점』을 보면서 편의점은 누군가의 편이 되어줄 수 있는 곳으로 읽힌다. 적은 돈으로 한 끼 식사를 해결하고 누군가에게 희망이 될 수 있다는 점에서 불편이 편리로 읽힌다. 또한 내겐 불편한의 편과 편의점의 편이 모여 편편으로 받아들여진다. 누군가에게 편이 되어주는 곳이 이곳 편의점이다. 그 편은 염 여사나 독고 씨 같은 사람이 많아질 때 가능하다.

# 꽃을 보다

이 시인의 그림 전시회에 갔다. 전시장에 들어서자 꽃향기가 짙다. 전시장도 환하다. 전 작품이 꽃이다. 꽃 피는 봄을 기다리던 참이라 더 가까이 다가온다. 언제 다 준비했을까. 이 시인의 품성처럼 조용한 듯 힘이 있다.

주변에서 만나는 꽃을 표현했다는 이 시인의 그림 전시회 제목은 '꽃의 위로'이다. 제목 아래 적힌 글이 눈길을 끈다.

"꽃은 슬플 때 위로와 기쁠 때 더한 즐거움을 주는 친구 같은 존재입니다. 집 화분에서, 아파트 화단에서, 가경천에서, 상당산성에서, 오장환 문학관 뜰에서, 덕유산 등산로에서, 황룡강에서, 지심도에서, 제주도에서, 오스트리아에서…. 꽃을 인식하는 순간 꽃이 말을 걸어옵니다."

작가는 가는 곳마다 꽃이 다가오더라는 거다. 시인으로 알고 있었는데 그림은 언제부터 그렸을까. 예술은 통한다고 시인이 그린 그림이라 더 각별하게 다가온다. 그림도 작가를 닮았다.

그림 한 점 한 점이 화사하고 밝다. 그저 보고만 있어도 마음이 밝아진다. 치유의 꽃이다. 그림에 대해 해설을 부탁했다. 작가의 이야기를 들으며 보니까 한 점 한 점 의미가 깊다. 작가처럼 그림도 사랑스러웠다. 생활에 밀착된 그림을 그려 누구나 소장하기에 부담이 적은 그림을 추구하고 싶다고 말한다. 집안에 걸어두면 늘 좋은 일이 생길 것 같은 그림, 마음의 위안이 될 것 같은 그림, 꽃을 집에 통째로 들여놓고 싶은 마음이 든다.

그림을 찬찬히 살펴보고 설명을 들으니까 한층 그림과 가까워진다. 화가에게 어느 순간 꽃이 말을 걸어오고, 그 말을 듣고 작가는 그림으로 표현했다. 그림을 소장하고 싶어졌다. 그림의 제목은 '여름을 품은 봄밤'이다. 보름달과 나무 사이로 반딧불이가 노란빛으로 꽃을 그린다. 여름을 품었다. 볼수록 은은하니 마음을 편안하게 한다. 반딧불이는 어릴 적 추억까지 소환하며 내 마음속에서 꽃이 된다.

또 다른 그림 달과 해가 함께 있는 그림에 눈이 머문다. 해와 달이 서로 '응'이라고 말한다. 해와 달은 한 폭의 꽃이다. 온 세상을 품고 뭐든 긍정하는 말을 하는 듯하다. 자기 자신을 온전히 드러내면서도 공존하고 있는 해와 달이다. 내 마음도 꽃처럼 밝고 긍정적으로 바뀔 것 같다. 두 작품을 선택했다.

전시관은 도지사 관사로 쓰던 곳이다. 도지사가 시민을 위해 활용할 수 있도록 해 연중 전시회가 열리고, 주말이면 공연과 체험을 할 수 있는 장소가 되어 시민의 공간이 되었다. 주변 경관도 전시장처럼 푸르고 산책코스도 있어 좋다. 시민을 위해 공간을 내어준 마음도 꽃이고, 전시하고 있는 작가도 꽃이고, 그림도 꽃이다. 모두가 꽃이다. 봄과 참 잘 어울리는 전시회에 푹 빠진 시간이다. 마음속에 한동안 꽃이 피어있을 것 같다. 다음 전시를 기대하며 발걸음을 옮긴다.

초록 미술관

# 아이의 뒷모습

걷기조차 힘들 정도로 기온이 높다. 이런 날 도서관 찾아온 아이를 보면 얼마나 고맙고 반가운지 모른다. 얼른 에어컨을 켜주며 바람 앞에 서서 땀을 식히라고 말한다. 이번 방학에는 석면 공사와 코로나 상황으로 도서관에 머무를 수 없어 책만 빌려 돌아가는 아이들 뒷모습을 보면 미안한 마음이 든다.

도서관을 찾아오는 아이들에게 말을 건다. 도서관에 자발적으로 왔는지, 부모님이 가라고 해서 왔는지 물어본다. 방학이라 그런지 아이들은 형제, 자매, 남매가 함께 다닌다. 어떤 아이는 내 물음에 망설이고, 어떤 아이는 오고 싶어서 왔다고 답한다. 내 물음에 망설이는 아이들 대부분은 왜 물어 곤란하게, 당연히 부모님 성화 때문이지, 하는 표정이다. 어쨌든 여기까지 온 것 자체만으로 점수가 높을 수밖에 없다. 나는 후한 점수를 준다. 정말 잘 왔다며 말과 행동을 크게 취하고 자주 보자는 말을 덧붙인다.

점점 뜨거워지는 날씨지만 도서관을 찾는 횟수가 늘어날수록 아이들 표정도 밝다. 내가 묻기도 전에 당당히 도서관에 스스로 왔노라고 하는 아이들도 생겼다. 사실 집 나서기가 얼마나 어려운가. 더운 날씨와 학원 가야 하는 시간, 늘 따라다니는 온갖 숙제들, 방학 동안 해야 할 것도 많을 텐데 도서관까지 온 아이들이 볼수록 대견하다.

학교도서관은 3층에 있다. 책을 들고 가는 아이들의 모습을 항상 창문으로 내려다본다. 그런데 어느 날 1학년 학생이 도서관에 왔다가 나간 지 한참이 지나도록 보이질 않는다. 계단으로 막 뛰어 내려가 보던 중에 다시 올라오고 있는 아이를 만났다. 할머니와 계속 통화를 하면서 나가는 입구를 찾고 있다. 학교 입학하고 처음 맞는 방학이고 그동안 비대면 수업이 길어지면서 그 아이가 알고 있던 입구 몇 군데가 막혀있어 당황한 듯했다. 그 일이 있고부터 형제나 자매와 동행하지 않고 오는 저학년 학생이 있으면 1층 입구까지 따라 내려간다. 연일 기온이 최고치를 경신 중인데도 그 아이는 더 자주 온다. 이제는 따라 내려오지 않아도 잘 찾을 수 있다며 혼자 가겠다고 한다.

창문을 활짝 열고 도서관 다녀가는 아이들을 배웅하며 하늘을 본다. 파란 하늘을 배경으로 하얀 구름은 시시각각 다른 모습을 보여준다. 토끼가 되었다가 꽃이 되었다가 뭉쳤다가 흩어졌다가 먹구름이 되었다가 용이 되었다가 공룡이 되었다가…. 구름은 뭐든 될 수 있다. 하늘은 넓은 마당을 펼쳐주며 뭘 그리든 그 자리에서 늘 지켜봐준다. 아이들도 그런 존재라는 생각이 든다. 6년이라는 시간 동안 자신의 꿈을 키워가게 될 것이다. 그 꿈 도화지에 무엇을 그렸다 지웠다 하든, 다른 꿈으로 바뀌길 여러 번 한다고 해도 그 경험은 소중하다.

꿈이 자라도록 하늘 같은 역할을 하는 것은 부모, 선생님, 학교, 친구, 도서관이 될 수 있다. 특히 한여름 더위 속에서 도서관을 다녀가는 아이들 뒷모습을 보면 주체적인 그림을 그리는 아이로 자랄 것 같은 희망이 생긴다. 부모의 강요에 시작된 도서관 방문이 스스로의 방문으로 바뀌어 가고, 처음에는 무슨 책을 고를지 몰라 권해주는 책만 빌려 가던 아이가 점점 자신이 읽고 싶은 책을 찾아가는 모습을 보면 더욱 그런 생각이 든다.

'어른들은 미래에 살고 어린이는 현재에 산다'는 말이 있다. 어른들은 미래에 집착한다. 살아가면서 아이가 시행착오를 겪지 않고 좋은 직업과 돈을 잘 벌기 위한 나름의 지름길을 알려주고 싶어서 이리저리 끌고 가려 한다. 자기 주도적이란 단어가 도처에 사용되지만 진정 자기 주도적으로 할 수 있도록 아이를 지켜봐 준 적은 있을까.

방학 동안이라도 아이에게 주도권을 줘보면 어떨까. 하고 싶은 것, 보고 싶은 것을 스스로 선택할 수 있도록 마당을 펼쳐주고 기다려주는 것. 처음에는 불안하고 조급하고 걱정스럽겠지만 점점 밝고 주체적인 아이의 모습을 보게 되지 않을까. 도서관을 나서서 씩씩하게 걸어가는 아이들의 뒷모습처럼 말이다.

# 꽃 마중

　병에 꽂혀 내 사랑을 한몸에 받고 있는 노오란 꽃. 친구가 집에 놀러 오면서 내민 한 다발의 꽃. 보는 내내 꽃 이름을 기억하기 위해 포장지에 적힌 이름을 카메라에 담았다. 라넌(버터플라이)이라는 이름을 가진 꽃이다. 가장 예쁜 꽃병을 찾아 꽂았다. 하루에도 몇 번씩 꽃을 보며 말을 걸고, 하루 한 번씩 물을 갈아준다. 줄기와 꽃잎 한 장 한 장을 자세히 보면 투명하게 속이 훤히 비칠 것 같은 미나리아재비를 연상하게 한다. 꽃망울이 터질 때마다 사진을 찍고 카톡 프로필 사진에 올렸다. 그러나 처음 우리 집에 올 때 보름달 같던 라넌의 모습이 시간이 지나면서 점점 초승달처럼 빛을 잃는다. 조금이라도 더 보기 위해 갖은 애를 쓰지만 헤어질 수밖에 없다.

　내 마음을 지인은 읽었을까. 복수초를 보러 가자는 연락이 왔다. 라넌이 복수초와 많이 닮았다고 생각했는데 반가움에 길을 나섰다. 복수초를 본 것이 가물가물하다. 오래전에 자연안내자를 하면서 만났던 그 꽃, 하얀 눈과 얼음 사이로 고개를 내밀어 마음을 노랗게 물들이던 그 꽃, 그때 만남은 잊을 수가 없다. 새해 제일 먼저 핀다고 하여 원일초라고도 하고, 눈 속에서 피는 연꽃 같다 하여 설연화, 얼음 사이에 핀다고 하여 얼음새꽃으로도 불리는 꽃. 꽃을 보던 날 가녀린 꽃이 얼까 봐 얼른 보고 낙엽을 끌어다 주변을 이불처럼 해놓았던 기억이 생생하다.

지금도 잘 있을까. 잘 있을 거야. 기억을 더듬으며 찾아가 보기로 했다. 그렇지만 요즘같이 하루가 바뀌는 환경 속에서 그대로 보존되어 있을지 장담하기는 어렵다. 누군가 개발을 위해 벌목을 하고 파헤쳐 놓지는 않았는지, 가는 길이 바뀌어 그 장소를 찾을 수 있을지도 의문이다. 꽃을 꼭 보고 싶은 생각에 이리저리 복잡한 생각들이 얽혀간다.

목적지 입구에 차를 세우고 천천히 걸었다. 며칠간 눈이 내리고 녹기를 반복하면서 매서운 날씨가 계속되어 바람이 제법 세다. 주변 나무 흔들리는 소리는 둘의 목소리를 삼킬 듯 크다. 예전 모습이 그대로 남아 있지는 않았지만 기억을 더듬으면 충분히 찾을 수 있을 것 같다. 찬찬히 걸었다. 혹시 발에 밟히기라도 할까 봐 마음이 쓰인다. 양지바르고 습기가 적당히 있는 곳에서 피는 복수초를 찾기 위해 두 눈을 크게 떴다. 오르다 보니 점점 산 쪽으로 올라가게 되고 가도 가도 보이지 않는다. 아직은 산에 있는 나무나 풀들이 갈색으로 봄빛은 아니다. 같은 장소를 몇 번이나 오르내려도 보이지 않는다. 포기하기로 하고 막 내려올 때 한 사람을 만났다. 너무 아쉬워서 혹시나 알지도 모른다는 생각에 용기를 내서 물어보았다. 이 근처에 복수초 있는 곳을 알고 있는지 묻자 빤히 쳐다본다. 간절해 보였는지 아니면 꽃을 해칠 사람으로 안 보였는지 따라오란다.

드디어 복수초를 만났다. 봉오리가 노오랗게 부풀어 오르는 것, 아직 포에 쌓여 있는 것, 땅바닥에서 고개 내미는 것…. 복수초가 추위를 뚫고 이제 막 밖으로 나올 준비를 하고 있다. 군락지 주변을 끈으로 묶어 보호막을 해놓았다. 자세히 보니 보호막 안 여기저기에서 싹이 올라오고 있다. 그분 덕분에 만개한 꽃은 아니더라도 막 피려는 복수초를 만날 수 있었다. 날마다 복수초 마중을 하고 계신 분이다. 누가 밟을까, 해칠까, 거의 매일 돌아본다고 했다. 조금 날씨가 풀리면 다시 보러 오라고 한다.

복수초의 꽃말은 영원한 행복이고, 복福과 장수長壽를 의미하며 부유와 행복을 상징한다고 하니 얼마나 귀한 꽃인가. 그 귀한 꽃을 만났다.

내 곁으로 왔다가 서둘러 가버린 라넌. 이제 막 피워 올리려는 복수초. 노오란 빛에 무척이나 닮은 외모. 헤어지고 만남은 우리 곁에 늘 공존하는 것이 아닌가. 니체가 말한 영원회귀를 꽃에 살짝 대입한다. 존재의 바퀴는 돌고 돌아 모든 것이 다시 돌아오듯 떠나보낸 라넌은 복수초와의 만남으로 돌아온 것은 아닐까. 사는 곳이 다르고, 피는 시기가 다르고, 내 곁으로 오고 가는 속도가 다르다고 해도 우리는 늘 모든 존재와 헤어지고 마중하며 살아가는 것이 아닐까.

며칠 뒤 복수초 마중을 다시 가야겠다.

# 묵 같은 사람

목요일 저녁, KBS 텔레비전에서 〈한국인의 밥상〉을 하는 날이다. 한국인의 밥상은 목요일 저녁에 원로배우 최불암이 전국을 다니며 한국인의 음식을 다양하게 소개하는 프로그램이다. 구수한 입담으로 그 지역의 특색 음식이나 사라지는 한국의 음식 문화를 재현하는 역할을 한다. 나는 이 프로그램을 즐겨 본다.

음식의 주제는 묵이다. 묵의 종류는 많다. 메밀묵, 도토리묵, 창포묵, 밤묵, 매생이묵, 박대묵…. 내가 어릴 때는 메밀묵만 있는 줄 알았다. 동네에 잔치가 있는 날은 집집마다 메밀묵이나 감주<sub>식혜</sub>를 했다. 아궁이에 불을 넣어가며 기다란 나무 주걱을 가마솥에 넣고 빙빙 돌려가며 저었다. 잠시도 쉬지 않고 주걱으로 저어도 가마솥 바닥에는 메밀묵 누룽지가 남았다. 고소한 누룽지는 식구들이 먹고 묵은 남김없이 잔치하는 집으로 가져다준다. 새 출발 하는 신랑 신부를 위해 정성껏 담는다. 한 숟가락 먹고 싶어도 근처 못 오게 한다. 요즘으로 보면 바로 축의금이다. 그 메밀묵은 결혼식이 있는 날 동네

초록 미술관

사람을 위한 음식으로 다시 나온다. 온 동네 사람들이 멍석이 깔린 마당에 둘러앉아 국수와 감주와 묵을 먹었다. 지금은 묵 잘하는 음식집을 찾아다니며 별미로 먹는 음식이다.

사실 묵은 묵만으로는 특별한 맛이 있거나 좋아할 요소가 크게 있는 것은 아니다. 여러 맛이 어우러져야 제맛이 나는 음식이다. 간장이 그렇고 육수와 고명이 그렇다. 단순한 한 가지 재료로만 해서 먹던 묵에 요즘은 다른 재료를 섞어서 새로운 맛을 내기도 하고 부재료와 손맛에 따라 다양한 모습으로 변신하기도 한다. 묵의 재발견이고 재해석이다. 인터뷰하는 사람 중에는 다른 음식을 먹기 전에 묵을 먼저 먹으면 속이 편안해서 즐겨 먹는다는 이야기를 한다. 그리하여 묵은 오랜 세월 우리와 함께해온 한국인의 음식이다.

묵만으로는 특별하지 않지만 어디에 들어가도 잘 어울리는 묵. 먹으면 속이 편안한 묵 같은 사람은 어떤 사람일지 떠올려 본다. 모나지 않고 편안한 사람, 가끔 만나도 어색하지 않은 사람, 특별하지는 않지만 누구나 좋아하는 사람, 세월이 흘러도 변하지 않는 사람, 이런 사람이 묵 같은 사람이 아닐까. 이런 사람 한 명쯤 곁에 있다면 잘 살았다고 할 수 있지 않을까. 그리고 행복한 만남이 아닐까.

K가 떠오른다. 나를 위해 응원해주고 힘을 주는 K. 조용히 그 자리에 있어 주는 K. 자주 만나지 못하지만 오랜만에 봐도 늘 만나 온 것처럼 편안한 K. 자주 연락하지 못해도 먼저 찾아주는 K. 좋은 것

은 음식이든 마음이든 나눠주고 싶어 하는 K. 보고 싶어 문득 연락하면 달려와 주는 K. 무슨 말을 해도 다른 사람에게 소문낼까 봐 걱정 안 해도 되는 K. 내게도 이런 묵처럼 편안한 K가 있어 감사하고 고맙다.

주변 사람들에게 나는 어떤 존재인지 떠올려 본다. 늘 받기만 한 것은 아니었을까. 만나면서 나로 인해 불편하게 만든 적은 없었을까. 설레발치며 일을 그르친 적은 없었을까. 잘난 척하며 말로 상처 준 적은 없는지 뒤를 돌아본다.

묵을 통해 이런저런 생각을 하다 보니 벌써 프로그램이 끝나는 시간이다. 사회자는 묵 같은 사람이 되어보면 좋을 것 같다는 멘트를 남긴다. 묵 같은 사람. 프로그램이 끝났지만 머릿속에서 울리는 그 마지막 말이 오롯이 남는다.

# 오래전에

눈 내린 알프스 산맥 앞 푸른 초원 위에서 두 팔 벌려 모든 걸 수용할 듯 밝은 모습으로 주인공 마리아(줄리 앤드루스)가 서 있다. 금방이라도 도레미송 도레미 도레미가 흘러나올 것 같다. 몇 번을 봐도 또 보고 싶은 영화 〈사운드 오브 뮤직〉의 장면이다.

오랜만에 다시 보게 되어 설레기까지 한다. 예전에 본 적이 있는 영화나 책을 다시 보면 다가오는 감동은 그때마다 다르다. 그때란 나이와 가장 관계가 크다. 나이 든다는 것은 때로 서글픈 일이기도 하지만 세상을 바라보는 또 하나의 눈이 생기는 것이기도 하다. 마리아가 퇴역 장교 폰 트랩을 좋아한다는 것을 알게 된 원장 수녀는 '도망치지 말고 삶을 정면으로 부딪쳐라'는 말로 격려와 용기를 준다. 이런 말을 할 수 있는 원장 수녀가 존경스럽다.

직업상 날마다 수많은 아이를 만나는 나는 어떤 말로 그들을 대했을까. 아이들이 나로 인해 상처받지는 않았을까. 트랩가 일곱 명의 경직된 자녀들에게 마리아가 노래를 할 수 있도록 만들고 자연을 즐기며 즐겁게 생활하도록 만드는 장면을 보면 한 사람의 역할이 얼마나 중요한지 다시 생각하게 된다.

〈사운드 오브 뮤직〉 영화를 알기 전에 나는 도레미송을 먼저 알았다. 강산이 몇 번은 바뀌고 바뀌었지만 이 노래는 내 입과 귀에서 저절로 흥얼거려지는 멜로디이다.

중학교 2학년 때 영어 선생님이 부임해 오셨다. 키는 크고 말랐으며, 머리는 짧고 얼굴은 길고 입은 돌출되어 누가 봐도 남자인지 여자인지 금방 알아보기 어려운 모습이다. 아이들은 선생님이 못생기고 이상하다며 영어가 재미없을 거라는 선입견을 품었다. 우리 학교는 경상도에 있는 면 단위 학교지만 규모가 큰 편이다. 선생님은 자신을 소개했다. 충청도에서 왔으며 여자라고 했다. 아이들 눈이 휘둥그레져 아!를 연발했다. 시간이 지날수록 아이들은 선생님의 매력에 조금씩 빠져들었다. 무척이나 열정적이었으며 차츰 영어 과목을 좋아하게 되었다.

지금 생각해 보면 그때 선생님은 〈사운드 오브 뮤직〉 영화 이야기를 들려주고 노래를 알려준 것 같다. 그런데 영화 이야기는 기억에 없지만 도레미송은 언제나 입과 귀에서 흘렀다. 영어 선생님은 노래를 알려주고부터 수업이 시작되기 전에 꼭 도레미송을 다 같이 크게 부르자고 했다. 노래를 참 열심히 부르고 다녔다. 선생님은 나중에라도 이 영화를 꼭 봤으면 좋겠다는 말을 남기고 우리와 헤어졌다. 부임한 지 일 년도 지나지 않아 충청도로 떠나버렸다. 헤어진다는 사실과 노래를 함께 부를 선생님이 계시지 않는다는 사실이 슬프기만 했다. 선생님은 많은 팝송을 알려주었다. 팝송을 통해 영어와 자연스럽게 친해지고 있던 중 떠난다는 소식은 우리에게 적잖은 충격이었다. 선생님과 사십 명 한 반 아이들은 손수건을 적실만큼 소리 내어 울었다.

〈사운드 오브 뮤직〉 영화를 보거나 도레미송 노래를 들을 때마다 영어 선생님이 생각난다. 열정도, 사랑도, 주인공 마리아를 참 많이 닮았다. 지금 생각하면 첫 시간에 우리가 보낸 선생님에 대한 태도나 얼굴 표정도 퇴역 장교 트랩가 가족과 다르지 않았다. 선생님은 어떻게 지내실까. 짧은 만남이지만 선생님과 함께한 추억이 영화를 보는 내내 생생하다.

이 영화를 보고 또 봐도 보고 싶은 이유가 선생님과 함께한 추억이 소중하고 깊기 때문인 듯하다. 오래전에 만났지만 어제 만난 듯 영어 선생님의 이름도 모습도 열정도 그대로 전해 온다.

# 만남은 도끼다

삼 일간 청주에서 대한민국 독서대전이 '책을 넘어'라는 주제로 열렸다. 다양한 프로그램을 선보이는 이 행사는 대한민국의 축제이며 청주에서 개최된다. 큰 행사가 청주에서 열려 도서관에 근무하는 한 사람으로서 가슴이 뿌듯하고 벅찼다. 올 한 해 청주에서 많은 준비를 해온 큰 행사이다. 이틀째 되는 날 온전히 하루를 행사장에서 보내기로 했다. 특히 관심이 가는 부분은 '시대의 맥락을 읽는 작가열전'이다. 작가열전에서는 조정래 작가가 이틀째 오전 10시 30분에 『천년의 질문』이란 저서를 통해 독자와의 만남을 진행한다.

서둘러 조정래 작가를 만나러 갔다. 장소는 예술의 전당 소공연장이다. 며칠 전에 예약하고 시작하기 전 한 시간 일찍 도착했지만, 입장하려는 사람들의 줄이 길다. 자리를 잡고 기다리는데 예정 시간이 지나도 작가는 도착하지 않았다. 사회자는 청주 오는 길이 막혀서 조금 더 기다려 줄 수 있는지 방청객들에게 물었다. 이탈자 없이 다들 그렇게 하겠다며 무작정 기다렸다. 11시가 넘어 부인 김초혜 시인과 함께 조정래 작가가 도착했다. 모두 자리에서 일어나 기립박수로 맞았다.

작가는 나이와 달리 카랑카랑한 목소리로 관중을 제압했다. 또한 유머도 뛰어났다. 포스트잇으로 미리 질문지를 받아 이젤에 붙여 놓고 사회자가 한 장씩 떼서 질문을 하면 그에 답하는 토크 형식이다. 이번에 나온 『천년의 질문』 책은 시민이 정치에 무관심하면 어떻게 되는지와 왜 참여를 해야 하는지에 대한 내용이라며 서두를 열었다. 『태백산맥』, 『아리랑』, 『한강』 등 대하소설 써온 작가답게 책을 쓰기 위한 취재 과정도 남달랐다.

한 편의 글을 쓰기 위해 관련 서적 백여 권 이상과 관련 기사를 찾아 읽고, 현장에 열다섯 차례 이상을 다녀오며 외국까지 전부 취재를 해온다고 한다. 취재 없이 생동감 있게 쓰기는 어렵다는 것이다. 거기에 작가의 상상력과 문장력, 현실이 섞여 태백산맥 같은 책이 탄생했다고 한다. 대문호다웠다. 그러면서 예술가는 물고기처럼 헤엄쳐 가는 것이며, 모든 문인은 창조자이며, 언어를 살리고 지키며 새로 만드는 직업이라고 했다. 책을 읽을 때 경건한 마음으로 읽으며 작가를 생각해달라는 말도 잊지 않았다.

청소년에게 해주고 싶은 말을 100자 이내로 답해 달라는 질문이 이어졌다. 조정래 작가는 수십 번씩 죽음과 맞닥뜨리지 않고는 했다고 말하지 말란다. 정점에 닿은 자, 그러니까 죽을 만큼 노력하는 자가 되어야 성공할 수 있다는 것이다. 손흥민 축구 선수 이야기를 하면서 하루에 천 번 이상 킥 연습을 하는데 알고 있느냐고 묻는다. 그냥 이름이 알려진다는 것은 있을 수 없는 일이라고 했다. 끝없이 노력해야 하는 이유가 재능이 40%면 노력이 60%이기 때문이라는 거다. 노력을 이기는 재능은 없으며, 노력 없는 재능은 열매를 맺을 수 없다고 하며 마무리했다. 말을 할 때마다 큰 박수가 나왔으며 시간이 너무나 짧게 느껴졌다. 글을 쓰며 많은 병과 싸웠다고 한다. 지금도 두 시간 이상 앉아있으면 안 된다고 의사가 말했다는 것이다.

조정래 작가는 무엇을 쓸 것인가에 대해 실존적 질문을 자주 한단다. 작가의 목소리는 살아있으며, 듣는 사람은 공감할 수 있었다. 짧은 시간에 많은 이야기를 해줬고 그때마다 머리를 끄덕였다. 정치적인 이야기도 많고 현실적인 이야기도 있지만 크게 다가오는 것은 글쓰기와 관련된 이야기였다.

바꿔야 할 습관과 가져야 할 습관에 대해 생각해봤다. 스스로 상상력과 창의력이 없다고 불평만 할 것이 아니라 사고를 전환하고 노력해야 한다. 끈기 있게 파고들고 꾸준히 노력하면 창의력도 길러지고 좋아질 수 있다. 결국 노력은 훈련과 같은 말이다. 타고난 재능보다 노력이 더 큰 비중을 차지한다는 말을 작가를 통해 들으니 더 크게 다가온다.

무엇을 이루고자 하면 그에 상응하는 끈기를 가지고 노력해야 한다. 주변에 성공한 사람을 보면서 우리는 그냥 된 것으로 착각하는 경향이 있다. 그냥이라는 말은 성공과 거리가 멀다. 십 년을 하면 못 이룰 것이 없다고 하지만 그 시간을 어떻게 보냈느냐에 따라 성공과 실패로 나누어진다. 어떤 분야에 전문가가 되기 위해서는 1만 시간이 필요하다는 '1만 시간의 법칙'이 있다. 1만 시간은 매일 3시간씩, 일주일에 20시간씩 계산하면 거의 10년이 된다. 타고난 재능도 중요하지만 성실하고 꾸준한 노력이 필요함을 이르는 말이다. 이말 역시 작가의 말과 통한다.

조정래 작가와 만남은 내게 도끼다.

3부

소통하는 중

# 아직도 나는

  친구와 함께 길을 나선다. 코로나 19로 마스크 쓰고 지내는 답답함에서 잠시라도 벗어나 짙어 가는 초록을 눈에 담고 싶었다. 도심에서 큰 도로 하나를 사이에 두고 시골 풍경이 그대로 남아 있는 곳이라 정감이 갔다. 빌딩 숲을 벗어나 자연으로 들어서서 그런지 머리가 맑고 콧노래도 절로 나온다.

  천천히 걸었다. 걷다가 애기똥풀이나 개암나무같이 이름을 알고 있는 식물을 만나면 반가워서 한동안 바라봤다. 산자락을 돌아 올라가는데 비탈진 밭 가득 보라색 꽃이 피어있다. 마치 오랫동안 밭 주인이 이 꽃을 보기 위해 잘 가꾸어 놓은 정원 같다. 가까이에서 보니 연보랏빛 꽃을 두 장씩 달고 있다. 하트 모양처럼 생긴 잎사귀를 코에 갖다 대자 박하 향이 난다. 지인의 농장에서 잎사귀를 따다 차를 만들어 먹던 스피아민트 향을 닮은 것 같기도 하다.

  사진을 찍어 식물에 해박한 지인에게 보냈다. 이름을 물으니 단박에 긴병꽃풀이라는 답이 왔다. 이름이 비슷한 병꽃나무는 알고 있지만, 긴병꽃풀은 처음 본다. 긴병꽃풀은 모기 기피제로 개발 중이며 지혈제 원료로 쓰이는데 모 제약회사에서 나오는 연고의 원료가 된다는 이야기도 덧붙여왔다.

그 말을 듣자마자 핸드폰으로 검색하여 알아보기 시작했다. 무엇보다 놀란 것은 이 식물의 효능이다. 간질환, 염증완화, 변비, 다이어트, 요로결석, 당뇨병, 기관지 질환, 부종, 습진… 일일이 열거하기 어려울 정도로 효능은 많고 독성은 거의 없다고 나와 있다. 다이어트가 필요한 딸과 나, 면역력이 약한 우리 가족이 차로 만들어 먹으면 모든 병은 싹 사라지고 건강해질 것 같았다. 이렇게 훌륭한 만병통치 식물을 이제야 만나다니. 지금이라도 알게 된 것이 얼마나 다행인지 모르겠다.

긴병꽃풀을 채취하기 시작했다. 처음 산책 나올 때 마음은 온데간데없다. 효능을 안 순간부터 긴병꽃풀 채취가 목적이 되어버렸다. 벌들이 달려와 윙윙대며 제발 멈추고 그만 나가달라고 소리쳤다. 동행한 친구도 꽃을 보기만 하고 이동하자고 했지만 듣지 않고 내 욕심껏 커다란 봉지를 가득 채웠다. 무거워진 봉지를 내려놓고 뒤를 돌아봤다. 큰 발과 적잖은 몸무게로 내가 다닌 곳은 온통 쑥대밭이다.

지난해 숲 해설가 과정을 밟으면서 수도 없이 들어온 '숲 해칠가'. 숲 해칠가가 많아지면서 숲에 관한 해설을 할 때 식물의 효능을 절대 말하지 않는다던 어느 교수님의 이야기가 떠오른다. 수강생한테 어떤 식물이 어떤 효능이 있다고 말하는 순간, 희귀종이 어디에 서식하는지 말하는 순간, 그다음 해부터는 아예 못 볼 생각을 해야 한다는 것이다. 숲 해칠가가 절대로 되어서는 안 된다는 말을 실천하지 못했다. 순간의 욕심이 이성을 앞섰다.

'아는 사람이 도둑'이라는 말이 있다. 전혀 모르는 사람이 어떤 행동을 하기는 쉽지 않다. 아는 만큼 보이니까 욕심도 부리게 되는 것이다. 귀한 꽃을 보면 혼자 보려고 캐가서 시들시들 죽게 하고, 알려지면 많은 사람이 찾아와 어느 순간 사라지는 경우가 부지기수다. 사진사 중에는 다른 사람이 똑같은 장면을 찍지 못하도록 희귀종인 식물을 꺾어 훼손하기도 하고, 새들이 낳은 알을 마음대로 다른 곳으로 옮겨 놓기도 한다고 한다. 그 뉴스를 접했을 때 저러면 안 된다고 흥분했지만 내가 한 행동과 무엇이 다를까.

사람은 이기적인 부분이 많다. 나를 위한 일, 내 가족을 위한 일 앞에서는 무슨 일이든 마다치 않는다. 늘 욕심이 앞선다. 빌딩 숲에서 자연으로 몸만 옮겨 갔을 뿐 이기적인 마음 앞에서 빈 봉지는 순식간에 커다랗게 부풀어 오른 욕심의 봉지가 되어버렸다. 자연은 나만의 소유물이 아니라 함께 보고 즐길 때 더 가치가 있음에도 나는 아직도 혼동하며 살아간다.

집으로 돌아가는 길, 손에 들려있는 봉지의 무게만큼 마음도 무겁다.

# 소리를 듣다

폭염暴炎이 심한 8월의 한낮이다. 우리 집은 에어컨이 없다. 그래서 주변으로부터 민속박물관이라는 말을 종종 듣는다. 차가운 물로 샤워를 하고 나오면 시원한 기운이 한동안 지속된다. 이럴 때는 선풍기도 끄고 가만히 누워본다. 주변에서 소리가 들린다. 매미 소리, 차 소리, 새소리, 인근 공사장에서 나는 소리, 응급상황을 알리는 사이렌 소리, 놀이터에서 들리는 아이들 웃음소리, 강아지 짖는 소리, 냉장고 돌아가는 소리….

소리는 '물체의 진동에 의하여 생긴 음파가 귀청을 울리어 귀에 들리는 것'이라는 사전적 의미가 있다. 소리는 귀로 느낄 수 있다. 이렇게 많은 소리를 들어보는 것은 처음이다. 주변이 고요하면 소리가 잘 들린다. 마음이 고요하면 더 잘 들리는 것도 소리이다. 소리에 집중하자 지금 들리는 주변의 소리가 처음 듣는 것처럼 생소하게 다가온다. 이렇게 많은 소리와 함께 살아가고 있는 것도 인지하지 못한 채 지내왔다.

매미 소리가 크다. 할 말이 많은지 온 세상 매미들이 다 모인 듯 큰 소리를 낸다. 애벌레로 땅속에서 오랜 시간을 보낸 후 허물을 벗고 나온 매미가 자랑스러운 모습을 봐 달라고 하는 것인지, 무더운 여름이 왔음을 알리기 위한 것인지, 한 해 여름이 지나면 이 세상에 존재하지 않을 수 있다는 쓸쓸함 때문인지, 가장 예쁜 암컷을 만나기 위함인지 쉼 없이 소리를 낸다. 다른 소리에 묻히지 않기 위함도 있으리라.

아이들의 웃음소리는 기분이 좋다는 뜻이다. 아이들의 울음소리는 어떤가. 뭔가 불편하거나 불만이 있다는 것을 암시한다. 장난감 가게를 지날 때 부모들이 그냥 지나치려 하면 대부분 아이는 자신의 불만을 소리로 알린다. 길에서 꼼짝하지 않고 드러누워서 우는 경우도 종종 있다.

어느 날 퇴근길에 할머니 곁에서 울고 있는 아이를 봤다. 신호를 기다리며 무슨 일일까 궁금하여 마냥 보고 있는데 뒤에서 차들이 경적으로 내게 알려왔다. 더 참을 수 없다는 표현이다. 얼른 달리라는 소리다. 우리는 소리의 상징으로 대화를 하기도 한다.

강아지는 주인에게 하고 싶은 말이 있을 때 소리를 낸다. 배가 고프다고, 산책하고 싶다고, 주인을 따라가고 싶다고, 용변을 봤다고 소리로 알린다. 그러면 주인은 주변을 살피고 불편한 점을 고쳐주려고 한다. 이렇게 소통의 수단으로 소리는 살아가는 데 중요한 요소이다.

귀로 듣는 소리도 중요하지만, 마음으로 듣는 소리는 온 힘을 다하지 않으면 듣기 어렵다. 대중의 소리를 잘 들어야 하는 이유도 여기에 있다. 노동자의 소리는 사용주가 잘 들어야 하고, 국민의 소리는 정치하는 사람들이 잘 들어야 한다. 그래야 우리가 좋은 사회를 만들고 불평불만이 적은 나라로 갈 수 있는 길이다. 정치인과 고용주가 귀를 막고 있으면 아무리 큰소리를 내고 여럿이 소리를 내도 소용이 없다.

개인은 어떤가. 개인도 마찬가지이다. 주변의 말을 잘 들어주는 사람은 배려와 존경심이 있는 사람이다. 자기 말만 하는 사람은 금방 싫증 나고 만다. 끊임없이 자신의 소리만 내는 사람 주변에 있고 싶은 사람은 아무도 없다. 마음으로 들어주는 사람 곁에는 늘 사람이 많다. 소리는 듣는 사람과 하는 사람 모두한테 중요하다.

나는 어떤가, 듣고 싶은 말만 원하며 지낸 것은 아닐까. 에어컨이 없는 거실에서 창문을 열어놓는 일, 마음 안에서만이 아닌 밖에서, 밖에서만이 아닌 마음 안에서 온 힘을 다해 듣는 데 집중하려고 한다.

에어컨은 당분간 준비하지 말아야겠다. 창문을 꼭꼭 닫고 켠 에어컨 소리에 모든 것이 묻혀버리면 아무 소리도 듣지 못할 것 같아 겁이 난다. 소리는 계속될 테니까.

# 가까운 이웃

얼마 전 모임에서 이웃 이야기가 나왔다. 대부분 아파트 생활을 하고 있어 스트레스를 받고 있는 정도를 넘어 심지어 신고까지 하면서 소송 중인 분도 있다. 담배 연기, 소음 등 이루 말할 수 없는 크고 작은 일을 겪고 있다며 하소연했다. 공동생활이 시작되면서 문제는 끊임없이 일어나고 해결도 쉽지 않다고 입을 모은다. 문득 이런 이야기가 남의 이야기처럼 들린다. 나는 좋은 이웃을 만나 공기처럼 소중함을 느끼지 못하고 지내 온 것은 아닌가 하는 생각이 든다.

옆집과는 입주 때부터 함께 살고 있다. 20층까지 있는 우리 통로만 해도 마흔 집이 한 엘리베이터를 타고 오르내린다. 십여 년이 훌쩍 넘게 살면서 바뀐 집이 워낙 많아 원주민이라고 표현하는 입주 동기는 대 여섯 집이 고작이다. 날이 갈수록 낯선 얼굴이 많아지고 엘리베이터 안에서도 외면하게 된다. 서로 인사 나누라고 써 붙여 두거나 좋은 문구를 관리사무소에서 붙여놓아도 서로 모른 척하기는 마찬가지이다.

초록 미술관

고마운 일은 옆집과의 인연이다. 옆집 재경 씨는 마음이 예쁘다. 챙겨주는 것을 좋아하고 나누기를 즐긴다. 친정에서 농사지었다며 농산물도 나눠주고 힘들게 깐 도라지를 조물조물 상큼하게 무쳐서 준다. 직접 갈아 만든 도토리 가루로 부침개 했으니 따뜻할 때 꼭 먹으라며 건네주는 손도 다정하다. 음식 솜씨 없는 나는 늘 챙김을 받는 쪽이다.

우리가 입주했을 때는 두 집 아이들이 어렸다. 초등학교에 다녔던 아이들이 지금은 이십 대 청년이다. 그만큼 많은 시간이 흘렀다. 빠르게 변화하는 요즘은 오랜 시간 관계를 유지하기가 쉽지 않다. 사람 관계도 노력이 필요하다. 쉬운 것 같아도 서로가 노력하지 않으면 유리처럼 금이 가기 쉽다. 다양한 가족의 형태가 생겨나고 하루가 다르게 변해가는 문화 속에서 이웃에 대한 정은 점점 사라져간다. 그러면서 이웃 간에도 차단 아닌 차단이 자연스러운 일로 되어간다. 매체를 통해 보면 이웃을 믿지 못하고, 문을 점점 더 굳게 닫는 상황이 자주 발생한다. 이웃 간에 믿음은 점점 희박해지고 불신과 불만이 커진다. 그래서 이웃으로 인해 살맛 나는 이야기나 장면을 보면 흐뭇하고 기쁘다.

친구가 했던 말이 생각난다. 윗집에서 쌍둥이가 뛰다가 조용하면 어디 아픈 것은 아닌지 걱정된다고 한다. 또 한 친구는 주말마다 오는 손주들로 아랫집이 힘들 것 같아 마음 쓰였는데 오히려 아랫집에서 엽서를 현관문에 붙여놓았다고 한다. 주말마다 캠핑 다니고 있으니 마음껏 뛰어놀아도 된다는 내용이란다. 그 말을 듣고 내가 다 고마웠다.

어릴 때 시골에서 자란 나는 마을 사람들이 모두 부모 형제였다. 서로를 챙기고 서로에 대해 잘 알고 지내는 공동체였다. 단지 지금보다 물질적으로 풍요롭지는 않았으나 마음은 넓은 바다였다. 이웃은 서로 배려할 때 더 가까워진다.

어느 날 퇴근길에 옆집 재경 씨를 만나 감기 기운이 있는 것 같다고 했더니 힘내라는 문구와 함께 따끈하게 먹고 자라며 쌍화탕을 문에 걸어 놓았다는 메시지를 보내왔다. 걱정해주는 따뜻한 마음이 전해졌다. 약을 먹기도 전에 감기가 금방 다 나은 것 같았다. 옆집 아이들도 여행을 다녀오면 꼭 선물을 챙겨온다. 아이들도 엄마를 닮았다. 마음이 곱다. 며칠씩 집을 비울 일이 있으면 서로 광고지도 떼어주고 택배도 받아주며 살펴 준다. 그래서 안심하고 집을 비울 수 있다.

며칠 전 근육통으로 밥할 힘도 없어 누워있을 때 초인종이 울렸다. 옆집에 사는 재경 씨다. 찰밥을 했으니 먹어보라며 내민다. 내가 아픈 걸 꼭 알고 있는 것처럼 와준 재경 씨. 선물 같은 찰밥을 두 손으로 공손하게 받았다.

소중하고 중요한 것은 너무 가까이 있으면 제대로 느끼지 못하고, 잘 보이지도 않는다. 어린 왕자도 장미꽃에서 멀어진 후 함께한 시간의 소중함을 느낀 것처럼. 갑자기 옆집과 멀어지면 어쩌나 싶다. 믿고 의지해오던 옆집 현관에서 어느 날 낯선 사람이 나온다면 어쩌나. 나도 옆집에서 받은 사랑을 낯선 이웃에게 나눠 줄 수 있을까.

# 새 차에 적응하기

은색 차가 나의 배웅을 받으며 시야에서 점점 멀어진다. 눈에서 보이지 않을 때까지 서서 그동안 고마웠다고 인사를 했다. 나를 위해, 우리 가족을 위해, 최선을 다하며 함께 해준 차! 폐차장으로 가는 차를 배웅하고 사무실에 들어왔는데 자꾸 눈물이 난다. 이를 지켜본 동료는 같이 눈물 흘리며 자신도 경험한 일이라 눈물 안 날 수가 없다고 한다.

새 차를 가져오고 오래된 차를 가져가는 의식이 마음을 흔든다. 사람이나 차나 시간이 지나면 노후가 되고 기능이 떨어지기 마련이다. 그래도 나는 이 차를 떠나보내는데 유난히 오랜 시간이 걸렸다. 몇 년 전에도 한번 바꾸려고 시도했지만 그게 잘되지 않았다. 미련이 남아서 조금만 더, 더 하다 보니 또 몇 년이 흘렀다. 여기저기 탈이 나기 시작했다.

브레이크에 에어가 차서 당황하기도 하고, 바퀴마모가 심해 바람이 조금씩 빠져 두세 달에 한 번씩 공기 주입을 해야 했고, 에어컨을 틀면 소리가 심해 거의 더위를 차 안에서 이겨내야 했고, 머플러에 금이 가서 오토바이처럼 붕붕거렸다. 브레이크 밟을 때는 끽끽 소리가 나는가 하면 결정적으로 엔진에 불이 들어와서 없어지지 않는다. 차 외관은 녹이 생겨 은색 락카를 뿌려보기도 했다. 차 상황은 점점 나빠졌다. 안전 문제 때문에 더는 안 되겠다 싶었다. 길에서 갑자기 차가 멈춰버리면 어쩌나 하는 상상이 마음의 평화를 주지 않았다. 헤어질 때가 되었다.

새 차로 바꿨다. 지금까지 타던 차와 기능이 완전히 다르다. 은색 차는 모든 기능이 수동이다. 새 차는 스마트시대에 맞게 모든 기능이 스마트했다. 난 아직 3차 산업에 적응하지도 못한 상태인데 벌써 4차 산업이 내 곁에 와 있다. 인공지능의 발달로 자고 일어나면 기능이 바뀌는 시대이다. 커다란 손으로 주변 센서에 잠깐 닿기만 해도 차 기능이 바뀌어버린다. 손가락으로 터치만 하면 되거나 기능을 설정해 놓으면 자동으로 알아서 해주는 차. 무거운 짐을 들고 트렁크 근처에 가면 트렁크 문이 자동으로 올라가고, 핸드폰으로 차 시동을 걸 수 있고 실내온도까지 조절할 수 있다.

새 자동차로 바꾼 지 몇 달이 지났지만 나는 남의 옷을 입은 듯 불편하다. 투박한 손가락으로 잘못 작동했을 때의 난감함, 침침해지는 눈으로 작게 적힌 기능들을 읽어내야 하는 어려움, 가로주차를 해야 할 때 중립으로 하는 기능을 몰라 쩔쩔매다 결국 전화를 받고 이동

주차를 해야 했던 상황, 운전하기 전에 두꺼운 책으로 된 설명서를 읽어보지만 금방 잊어버려서 작동 못 하는 경우가 잦다. 주차할 때도 앞에 화면으로 주변을 보기보다는 고개를 빼고 뒤를 가늠한다. 이때 조금만 차선을 넘어가면 울리는 경고음이 계속 나를 긴장하게 만든다. 주차 속도는 느려진다.

모든 걸 수동으로 하던 예전 차가 문득문득 그립다. 편리함보다 익숙한 것에 정이 가는 나이라서 그런가 보다. 하지만 어쩌랴! 하루가 다르게 변해가는 시대에 살고 있으니, 이제는 옛것 찾기가 새로운 것을 받아들이는 것보다 더 어려워졌다. 꽤 긴 기간 운전하고 다닌 나보다 오랜만에 집에 다니러 온 아들이 자동차 작동을 더 잘한다. 처음 차를 인도받던 날 영업사원은 한꺼번에 많은 기능을 알려주면서 이해됐느냐고 물었다. 나는 절대 이해 불가라고 했다. 하다 보면 충분히 할 수 있다고 말하며 숙제만 잔뜩 남기고 떠나버린 영업사원이 야속했다.

주변으로부터 신문물을 누리고 활용할 줄 알아야 한다는 말을 자주 듣는다. 나는 과거가 좋았다고, 좋다고 하지만 모든 상황은 미래를 향해 빠르게 나아가고 있어 현재에서 다시 과거로 돌아가 살기는 쉽지 않다. 이래저래 새 차에 적응하면서 기능을 익히는 방법밖에 없다.

# 내 마음의 집

눈뜨자마자 방송이 나온다. 이삿짐 차가 들어오도록 이동 주차를 해달라는 관리사무소 직원의 목소리다. 지난 한 달 내내 사다리차가 드르륵 소리를 낸 것도 모자라 3월의 첫 시작도 이삿짐 차라니, 부러움과 복잡한 마음이다.

아파트 문화가 시작되면서 집에 대한 생각이 달라졌다. 현대인은 늘 이사를 꿈꾸는 듯하다. 주변 사람들과 대화를 하다 보면 새 아파트, 넓은 아파트, 브랜드 아파트, 마당 있는 집, 전원생활에 대한 로망들을 가지고 있다. 나 역시 이런 생각에서 자유롭지 못하다. 분양 광고가 나올 때마다 모델하우스를 기웃거린다. 하지만 높은 벽에 부딪혀 아파트 층높이만큼이나 맘껏 끌어올린 욕망을 서서히 내리며 허탈하게 돌아서는 시간이 많았다.

결혼 이후에 나는 줄곧 아파트 생활을 하고 있다. 처음 이사 와서 설레던 마음도 잠시 시간이 지날수록 이사란 단어가 자리 잡기 시작했다. 이런 마음에서 벗어나기 어려운 가장 큰 이유는 부동산에 대한 개념과 주말마다 집주인이 바뀌는 것을 보며 마음이 흔들리기 때문이다.

아파트 분양을 받고 얼마나 좋던지 어린아이들 손을 잡고 남편과 주말마다 현장 주변으로 가서 한 층 한 층 올라가는 것을 보면서 기뻐했다. 그러면서 꿈을 꿨다. 어떻게 집을 꾸미고, 어떻게 아이들과 그 속에서 사랑을 가꾸어 나갈지를 의논하면서 무척 행복했다.

처음 마음과는 달리 이사하는 집을 볼 때마다 욕망과 욕심이 생기고 만족이 줄어들었다. 더 좋은 곳, 더 돈이 되는 곳에 눈을 돌리자 웃음을 잃게 되었다. 언젠가는 옮겨갈 것이라는 생각 속에 사로잡히기 시작한 거다.

가끔 어릴 때 내가 살던 집이 생각난다. 그 집은 오래된 한옥이다. 집이 오래되어 아래채는 한쪽이 기울기 시작했고 안채는 온돌 아궁이에 장작불을 아무리 많이 넣어도 방은 여간하여 뜨거워지지 않았다. 바람이 조금이라도 부는 날에는 마당에서 마루로 흙먼지가 날아와 아무리 쓸고 닦아도 소용이 없다. 마당에 물을 뿌려 땅을 축축하게 해놓으면 잠시뿐 금세 말라버린다. 화장실은 멀었다. 밑이 훤히 내려다보이는 푸세식 화장실. 밤에 다녀야 하는 화장실은 공포 자체다. 미적대다 싸버리는 일이 자주 일어나자 어머니는 요강을 준비했다.

쥐는 왜 그리 많은지 벼 가마니를 쌓아놓은 광에서는 저녁마다 알곡을 빼먹은 빈 껍질과 까만 쥐똥이 수북수북 쌓였다. 그 속에 빨간

새끼 쥐들이 꼬물거렸다. 쥐약으로도 안 되고 쥐틀에도 걸려들지 않던 쥐. 안방 천정에 오줌을 싸서 금방 발라놓은 벽지에 얼룩을 남기던 쥐. 긴 막대기로 천정을 쿡쿡 찔러 대면 이쪽저쪽으로 우르르 몰려다니며 약을 올리던 쥐. 쥐가 너무 많았다. 사람도 겁내지 않던 쥐에 대한 기억이 생생하다.

세월이 흘렀다. 아파트에 살면서 어릴 때와 비교해보면 편리함을 넘어 천국이 있다면 이런 곳이 아닐까 싶을 정도로 모든 것이 좋아졌다. 비바람이 몰아쳐도, 눈이 쌓여도, 해충이 많아도, 추위와 더위가 찾아와도 무엇 하나 크게 걱정 안 해도 된다. 이중창을 닫아버리면 불편함이라고는 없다. 집 안에서 모든 것을 해결할 수 있는 생활 공간이다.

돌이켜 생각해 보면 아파트 생활을 시작할 때 정말 좋았다. 시간이 흐르면서 편리함은 더 편리함을 추구한다. 짧은 시간 안에 헌 것으로 만들어 버리는 자본주의 광고는 새것에 대한 로망을 가지라고 끊임없이 욕망을 키우게 만든다. 그러니 귀가 얇고 욕심을 부리는 나 같은 사람은 이삿짐 차를 보고 자유롭기는 어렵다.

친정어머니는 우리 집에 오면 베란다에 의자를 내놓고 해바라기 한다. 햇살은 우리 집 베란다에 종일 머문다. 베란다로 보이는 작은 동산이며 하천을 흐르는 물, 가로수, 운동하는 사람도 보인다. 도시에서 이만한 경치를 보기는 쉽지 않다며 만족스럽단다. 특히 우리 아파트는 동 간 거리가 멀어서 사생활이 보장된다. 요즘은 남향도 잘 없을뿐더러 동과 동 사이가 너무 가깝다. 그러면서 우리 남매들이 함께 지내던 시골집 이야기를 나눈다. 그때를 생각하면 얼마나 좋은 시대를 사는 거냐고 말한다.

사다리차를 만나고 나온 출근길. 나는 새로운 것과 좋은 것을 얻기 위해 부단히 조급해하며 살아온 것은 아닐까. 살아가는 데 불편함은 없지만 남이 하니까 나도 그 대열에 합류해야 한다는 집착으로 현재를 살지 못한 날들이다. 편리함을 넘어 나를 따뜻하게 안아주는 집의 가치를 잊고 지낸 것은 아닌지…. 이래저래 집에 대한 생각을 다시 해본다.

# 까치와 까마귀

어떤 날은 까치 소리가 잘 들리고 어떤 날은 까마귀 소리가 잘 들린다. 자랄 때부터 까치를 보거나 까치 소리를 들으면 기쁜 소식이 온다는 말을 듣고 자랐다. 그와는 반대로 까마귀 소리를 들으면 기분 나쁜 일이 생긴다고 했다. 어른들은 까마귀가 울면 동네에 나쁜 일이 생긴다며 빗자루를 들고 내몰던 모습이 어린 눈에도 까마귀를 보는 것은 나쁜 일이라 생각했다.

어릴 때 시골 동네를 매일 찾아주는 유일한 사람은 우편집배원이다. 마당에 있는 감나무 위에서 까치가 깍깍깍 소리 내고 가는 날에는 우편집배원이 올 시간을 기다린다. 부릉대는 오토바이 소리가 들리면 뛰어나가 언제쯤 올지 한 집, 두 집 지나오는 순서를 손꼽아 가늠해 본다. 우리 집에 들어서는 아저씨를 맞는다. 다 까치가 기쁜 소식을 전했기 때문이라고 생각했다. 예전에는 우편집배원이 오는 날은 거의 편지가 배달되었다. 지금처럼 세금고지서는 없다. 우리 집을 들르지 않고 지나치면 크게 실망했다. 이상하게 까치가 우는 날에는 거의 우편집배원이 우리 집에 들렀고 기쁜 소식을 받았다.

학창 시절에 '여학생'이라는 잡지에 글도 쓰고, 신문 한 귀퉁이에 있는 숨은 그림을 찾아 보내기도 했다. 당첨되면 책을 보내주었고 그 책에 내 이름도 나왔다. 책을 들고 학교 가서 자랑도 하고 그 속에 나오는 주소를 보고 편지를 보내 펜팔을 했다. 그렇게 우편물 받을 일을 만들며 세상과 소통했다.

까마귀를 본 날에는 동네에 나쁜 일이 일어날 수 있다며 어른들은 불안하다고 말했다. 이런 날, 들로 나서는 어른들은 아이들한테 집 잘 지키고 매사 조심하라고 단속시켰다. 빙빙 돌며 닭을 채가려고 노리는 매도 조심하고, 거지도 많이 오니 방문을 꼭 걸어 잠그고 인기척도 내지 말라고 했다. 하루에도 몇 번씩 오는 거지 아저씨들은 아무도 없는 것처럼 해도 마당에 들어서면 좀처럼 나가지 않는다. 끝까지 참기는 어렵다. 내가 못 참고 슬며시 먼저 나오고 만다. 그러면 왜 이제 나오느냐고 호통을 친다. 그때마다 간이 오그라든다. 너무 무서워서 바가지를 들고 쌀독으로 가서 쌀을 한 바가지 푹 떠서 내민다. 그러면 만족한 얼굴을 하고 마당을 나간다. 조금 있으면 또 다른 거지들이 온다. 빨래 널다 만나고, 닭 모이 주다 만나고, 친구들이랑 놀다 만나고 그렇게 하루에 서너 명의 거지들이 다녀간다. 난 까마귀 때문이라고 생각했다. 그러나 지금 생각해 보면 그때 우리나라가 먹고 살기 어려운 시기였다.

아이가 대학교 면접 보던 날이 떠오른다. 아이가 면접장에 들어간 사이 기도를 하고 있는데 그날은 까치도 까마귀도 번갈아 나타났다. 그 대학 캠퍼스가 산에 안겨 있어서 그런지 유난히 새들이 많았다. 까치가 나타나면 기분이 좋았다가 까마귀가 나타나면 면접 보면서 실수하지 않을까 불안했다. 몇 시간 동안 까치와 까마귀를 보며 이리저리 마음이 혼란스러웠다. 그날 아이는 면접장을 나오며 면접을 아주 잘 본 것 같다고 했는데 그 학교와는 인연이 닿지 않았다.

이상한 것은 어릴 때 생긴 기억은 좀처럼 사라지지 않는다. 나도 모르게 어른이 된 지금도 까치와 까마귀한테 의미를 두는 습관이 있다. 까치와 까마귀를 보면 지난 일들이 생생하게 떠오르고 하루를 예측해본다. 출근 준비로 바쁠 때 까치 소리를 들으면 오늘은 일이 잘 풀리고 좋은 일이 생기려나 보다 싶고, 까마귀 소리를 먼저 들으면 오늘은 그저 그런 날인가 싶어 매사 조심하려고 하는 마음이다.

시대가 달라졌다. 사실 까치를 봤다고 해서 크게 기쁜 소식도, 까마귀를 봤다고 해서 크게 나쁜 소식을 전달받은 것도 없다. 요즘은 까치나 까마귀 개체가 점점 늘어나면서 매일 만난다. 까치와 까마귀는 때로는 빠르게 움직이고 때로는 늦게 움직일 뿐이지, 내 출근 시간에 맞춰 소식을 전하러 온 것은 아닐 것이다. 새들의 습성에 따라 움직일 뿐이리라. 나와 교감하러 어떤 감정을 가지고 오는 것은 아닐진대 나는 아직도 까치와 까마귀를 보면 눈을 떼지 못하고 귀를 기울일 때가 많다. 몸이 먼저 반응한다.

# 걱정 할매

이리저리 뛰어다니며 잡아보라고 장난을 걸어오는 손녀가 생겼다. 손녀가 태어나는 과정과 커가는 과정을 곁에서 지켜볼 수 있어 신기하고 새롭다. 하루하루 조금씩 조금씩 커 가는 아이. 만날 때마다 새로운 행동과 말로 나를 놀라게 한다. 돌 지나면서 걷기 시작했고 걷기도 힘들 텐데 벌써 뛰고 싶어 자꾸 장난을 건다.

손녀가 걷기 시작하면서 놀이터에 몇 번 데리고 나갔다. 그랬더니 이제는 우리 집에 오면 먼저 옷을 가져오고 신발을 챙기며 놀이터에 갈 준비를 한다. 놀이터에 아이들이 놀고 있으면 참견하려 하고 아이들은 도망치고 손녀는 졸졸 따라다닌다. 도저히 안 되겠다 싶었는지 금방 그네에 오르다 신통치 않으면 미끄럼틀에 오르고, 그게 마땅치 않으면 시소로 옮겨가고, 흙을 한 주먹씩 잡고 모래시계처럼 길게 흘려보낸다. 내가 먼저 지칠 때도 있다. 그렇지만 눈은 손녀한테서 잠시도 떨어지지 않는다. 어떨 때는 눈과 마음이 온통 손녀를 향해 있던 나머지 머리를 크게 부딪쳐 오랫동안 고생한 적이 있다. 그래도 온 마음이 손녀한테 가 있고 며칠만 안 보면 궁금해지고 보고 싶어진다.

손녀는 다양한 것에 관심이 많다. 꼼작꼼작 돌아다니며 모든 사물을 들여다보고 만져본다. 집안에서는 인형을 모아놓고 책도 펴주고 잠도 재워준다. 청소도 잘한다. 물티슈를 뽑아서 바닥과 창문을 싹싹 닦는다. 참 깔끔하다. 언제 청소하는 것을 배웠는지 할머니보다 더 깨끗하게 한다. 이게 어찌 된 일인가. 금세 휴지를 뽑아 코 푸는 흉내를 낸다. 똥을 싸면 불편하다고 몸과 표정으로 알린다. 아직 구사하는 단어는 엄마, 아빠 정도지만 어지간한 건 서로 의사소통이 가능하다.

손녀를 곁에서 보면 내가 키울 때와는 완전히 다른 육아 모습을 본다. 그럴 때마다 이래라, 저래라, 하는 말이 먼저 튀어나온다. 밥 먹는 시간도 지켜야 하고, 먹지 말아야 할 것도 많고, 잠자는 시간도 계산하는 모습을 보면 그러지 않아도 잘만 크지 않았냐고 반문한다. 아이들이 부모를 따라 할 수밖에 없는데 어떻게 해서 코를 풀고 청소를 그리도 잘하는지 물으면 딸이 비염이 심해 코를 자주 풀었더니 그걸 따라 한 것 같단다. 딸에게 부모를 보고 배우니 아이 앞에서 조심하라는 말이 나온다.

내가 손녀와 있을 때는 음식을 가리지 않고 먹이고 먹는 시간도 지키지 않는다. 뭐든 아이가 원하는 대로 두는 편이다. 이렇게 예전과 요즘 육아 방식을 논하며 쿨한 척하지만 깊이 들어가 보면 다르다.

내가 염려하는 것은 따로 있다. 조금만 넘어져도 벌벌 떨며 일으켜 주고 손과 발을 자주 털어주고 씻긴다. 작은 상처에도 예민하게 군다. 손녀가 화를 내면 왜 화를 내는지 알고 싶어 하고, 문제는 없는지 이리저리 살핀다. 뭐든 왼손으로 하려는 걸 보면 저러다 왼손잡이가 되면 얼마나 불편할까 싶어 오른손 오른손 하면서 보챈다. 책도 많이 읽혀야 하니 그림책을 탑처럼 쌓아놓는다. 놀아도 도서관에서 놀면 좋겠다고 퇴근 시간에 맞춰 자주 오라고 내 근무지로 부른다.

이런 모습을 보고 딸은 오히려 나를 '걱정 할매'라고 부르기 시작했다. 그러고 보면 손녀의 부모인 딸과 사위는 '뭐든 괜찮아, 괜찮아, 잘하고 있어'라며 손녀에게 격려와 용기를 주는데 정작 나는 자잘한 신경을 많이 쓴다. 할머니가 되고 보니 염려증이 커진다.

주먹구구식 육아를 해 왔던 내가 지금의 아이들 모습에서 그러면 안 된다는 수식어를 수없이 붙이며 지내고 있다. 우리 시대보다 요즘 아이들은 더 똑똑하다. 과학적으로 계산하며 키우는 것도 한 방법일 수 있다. 무조건이 아닌 내가 양보할 부분과 받아들여야 할 부분은 분명히 있다.

며칠 후면 손녀가 온다. 깊이 관여하고 싶은 마음을 누그러뜨리고 한 걸음 물러서서 봐야겠다. 그래도 당분간 걱정 할매, 소리에서 벗어나기는 어렵다.

# 그때와 지금

나는 미련이 많고 보수적인 면이 강하다. 한 번 손에 들어온 것은 거의 버리지 않는다. 당장 쓸모가 있건 없건 그대로 두는 편이다. 언젠가 쓸모 있을 거라는 주의다. 이런 성격 탓에 물건은 쌓이고 온통 짐 속에서 지낸다.

몇 해 전부터 해마다 조금씩 집안을 정리하기로 마음먹었다. 첫해는 정리할 물건을 현관까지 내놓고 미련이 남아 밤새 곰곰이 생각하고 다시 들여놓기를 반복하며 밤잠을 설쳤다. 이듬해도 내놓았다 또 골라 담으며 언제 사용할지 모른다는 생각으로 다시 상자에 쟁여 놓았다. 이러니 해마다 정리하는 것 같지만 늘 그대로다.

이번에는 뒤를 돌아보지 않기로 했다. 인정사정없이 내놓았다. 상자 속을 들여다보면 또 미련이 남을 것 같아 묶여있는 상자째로 내다 놓기 시작했다. 다시 수업하게 될지 모른다는 미련으로 십 년 넘게 모아둔 교육계획안, 그와 관련된 책과 자료들, 동인들과 함께 만든 회보까지 엄청난 양이지만 버리지 못하고 자꾸자꾸 후순위로 남겨두던 것들이다.

그때는 아주 소중했던 물건이 지금에 와서 효용가치가 없어지는 경우가 허다하다. 아이들을 가르칠 당시 수업에 필요한 자료를 모으기 위해서는 책과 활자로 된 자료가 필요했다. 지금은 컴퓨터 검색 한 번으로 원하는 양의 지식과 정보를 다 볼 수 있다. 자료 수집을 위해 스크랩한 파일이 엄청난데 쓰레기봉투에 담으며 허탈했다. 정성을 다해 오리고 붙이며 수집한 자료들이다.

그렇게 버리기 힘들던 물건은 마음을 바꾸자 쉬웠다. 내가 버리지 못하고 남겨둔다면 아이들이 어떻게 손을 댈 것인지도 생각한다. 이제는 자꾸 줄이고 또 줄이는 것이 맞다.

소중하고 아름답던 것이 지금 와서 쓸모가 적어지는 이유는 여럿이다. 잘 간직했다고 생각한 물건은 변하고 삭아서 쓰기 어렵다. 그때 가장 좋았던 제품도 시간이 흐르면서 새롭고 편리한 물건에 밀려 사용 빈도가 줄고 몇 년 동안 한 번도 손대지 않는 물건이 된다. 냉장고 안을 꽉꽉 채워두었던 음식은 수분이 줄어들고 맛도 변한다. 냉동실에 무엇이 들어있는지도 모른 채 몇 해를 보내고 결국은 쓰레기통으로 넣어본 경험이 적지 않다. 냉동실에 넣기 전 가장 맛이 좋을 때 이웃과 나눠 먹는다는 친구의 말이 명언처럼 떠오른다.

집안 곳곳에 가득했던 짐을 비우기 시작하자 마음이 가볍다. 집안도 마음에도 여백이 생긴다. 왜 그렇게 물건에 집착하며 안고 살았나 싶다. 정리를 시작하면서 좁아 보이던 집은 조금씩 제 평수를 되찾고, 우리 집을 찾는 사람들은 깔끔하고 넓어 보인단다. 그렇지만 끝까지 버리지 못하는 것도 있다. 아이들이 쓴 일기장이며 편지글, 정성스럽게 만들고 그린 그림책, 독서신문, 상장 등 자식과 관련된 물건이다.

어느 날 딸아이가 초등학교 때 그린 스케치북과 시화를 들고 다섯 살 외손녀한테 보여주니 관심을 보인다. 손녀가 자기 엄마는 정말 그림을 잘 그린다며 손뼉 친다. 나도 기뻤다. 네 엄마 그림 솜씨는 대단했으며 못 하는 것이 없었다고 열변을 토하니 멀찍이 있던 사위가 안 보는 척하며 씩 웃는다. 이럴 때는 간직하고 있기를 잘했다는 생각이 든다. 내 것은 버려도 끝까지 버리지 못하고 간직하던 아이들 물건을 이제는 보내도 되겠다.

집안을 정리하다 보면 마음도 정리된다. 언젠가 모든 건 내 손을 떠날 것이며 떠나보내는 것이 맞다. 버려야 할 것이 어디 물건뿐일까만 우선 물욕부터 조금씩 줄여 보려 한다. 자꾸 잡아두고 미련을 두는 것은 집착이다. 그때는 행복이 오직 미래에 있다고 생각했고, 소유가 행복과 연결된다고 생각했다면 지금은 사물을 바라보는 관점에 달려 있다는 생각으로 바뀐다. 지금을 살아가는 삶의 태도가 중요하다. 그때와 지금은 다르다.

# 보고 싶다, 친구야

카톡이 울린다.

'너, 승경이 맞제. 네가 쓴 책『경품』을 몇 번이나 찬찬히 읽으며 많은 치유와 위로를 얻어서 고맙네. 네 주옥같은 산문들을 읽고 또 읽어보면 유년의 생활과 홀로 계신 친정어머니에 대한 애틋함이 나랑 닮은 생활들이라 너무 공감이 가는구나. 걷기 좋아하고 여행 좋아하고 자연 좋아하고. 너랑 나랑은 생활하는 방식도 너무 같고 좋아하는 것도 너무 같고. 멀리서 바라보기만 했는데 올 여름방학에는 꼭 꼭꼭 만나자.'

책을 낸 것은 어떻게 알았을까? 초등학교 교사가 되었다는 동창은 전근 가는 곳마다 졸작인 내 책을 친구가 썼다며 자랑스럽게 소개하고 학교도서관마다 비치하고 있단다. 멀리 부산에 있으면서 늘 나를 응원하고 있었던 거다. 눈앞에 보이는 것이 전부가 아니라는 걸 마음으로 깨닫는다.

긴 통화를 했다. 지금의 근황과 학창 시절 이야기로 시간여행을 떠났다. 사십 년이란 시간이 흘렀지만 어제도 만난 것 같고, 오늘도 만난 것 같고, 지금껏 만나온 것 같다. 그때 우리는 눈만 마주쳐도 웃었고, 시험일이 다가오면 머리를 감지 말자고 했다. 공부해 놓은 것이 머리를 감는 순간 다 씻겨 나간다고. 쉬는 시간이면 짧은 순간이지만 수다를 떨고 선생님이 교실로 들어설 때 얼른 제자리로 돌아간 일. 수다가 부족했던 우리는 수업 시간마다 쪽지에 뭔가를 끊임없이 적어 서로에게 닿을 때까지 전달 전달하던 일. 도시락만으로 부족했던 점심시간이면 학교 측백나무 울타리 밖에서 파는(그러니까 우리는 그걸 개구멍이라고 불렀다), 도넛을 사기 위해 번갈아 가며 줄을 섰고 겨우 하나라도 사면 반반 나눠 먹는다. 도넛 겉에 잔뜩 묻은 설탕과 속에 가득 든 팥은 너무 맛있다. 돌이켜 보면 지금까지 잊고 지내던 모든 것들이 아름다운 시절이다. 지나간 것이 모두 아름다운 것이 아닐지라도 우리한테는 멋진 기억으로 남아 있는 소중한 추억이다.

우리가 함께했던 분위기와 그리움을 어찌나 잘 그려내는지 영화를 보는 것처럼 생생하다. 친구는 나보다 많은 것을 기억하고, 마음에 담고 있었으며 너무나 구수한 입담에 쏙 빨려 들어가 실컷 웃었다. 나보다 감성이 훨씬 풍부해서 글은 네가 써야 한다고 하자 나의 독자로 남겠다고 한다. 우리의 이야기는 그렇게 몇 시간이 훌쩍 지나도록 끝없이 이어졌다.

내 삶의 무늬를 새기느라 정신없이 지내는 동안 친구는 자기 삶의 색채를 가지면서 나를 한 부분에 넣어 두었나 보다. 자신도 모르는 사이 누군가에게 관심과 응원을 받고 있다는 걸 알게 되었을 때 가슴이 뭉클해진다. 특히 오랜 기간 전혀 연락이 닿지 않던 친구로부터 전해 듣는 순간 특별함으로 다가온다. 친구의 연락을 먼저 받고 늘 한구석에 친구에 대한 그리움이 내게도 숨 쉬고 있음을 알았다. 상대에 대한 사랑과 관심을 표현하는데도 용기가 필요하다.

친구란 그런 것 같다. 오랜 시간 각자의 삶을 살아오면서 무늬와 색채가 완전히 다른 그림을 그려왔고, 향기마저도 전혀 닮지 않았을지라도 몇 마디 말로 금방 공통점을 소환할 수 있는 사이, 서로를 이해할 수 있는 사이, 진심으로 응원할 수 있는 사이다.

첫 책을 내고 지지부진 지내고 있는 내게 친구의 카톡은 큰 힘이 된다. 내 책을 서울 대형문고에 가서 당당하게 찾고, 주문해서 구입할 정도로 열정적이며, 책을 통해 나를 곁에서 보고 있는 듯하다고 말한다. 작가에게 책은 자식이나 마찬가지이다. 더구나 독자가 읽은 후 소감을 말해준다면 그보다 더 보람된 일이 또 있을까. 호평이든 혹평이든 앞으로 글을 쓰는 데 큰 도움이 된다.

친구와 연락이 닿은 후 삶에 변화가 생긴다. 무엇보다 중요한 것은 학창 시절을 지나 인생 후반부로 들어가며 연락이 닿은 친구와 무늬를 함께 새겨가려고 한다. 초록이 짙어지고 있다. 초록이 짙어지듯 보고 싶은 마음도 짙어진다.

초록 미술관

# 소통에 대하여

눈을 뜨면 바로 텔레비전을 켜는 습관이 있다. 꼭 보고 싶은 프로가 몇 가지 있어 새벽 시간에 일어나려고 하는 편이다. '클래스 ⓔ'를 즐겨본다. 각 분야의 전문가가 짧은 시간 강의를 하는데 이번에는 정신과 의사가 나와서 '당신의 가족 안녕하십니까'라는 주제로 10회 동안 진행한다. 어쩌다 늦잠이라도 자면 안타까움이 앞선다.

강의 주제는 가족과의 소통, 부부 사이의 소통, 사위 며느리와의 소통, 자신과의 소통 등이다. 뒤로 갈수록 나 자신과의 소통이 나오는 걸 보면 결국 가장 중요한 문제는 내면의 소통, 즉 자신과의 소통이 아닐까 싶다.

주변과의 관계 개선을 위해서는 자신을 존중하고 사랑해야 한다. 자신의 내면이 가장 소중하고 먼저 들여다볼 때 앞으로 나아갈 수 있다. 그런 개선의 노력 없이는 과거에 매몰되어 한 발자국도 걸을 수 없다. 자신을 사랑하고 존중하는 것이 먼저라고 강사는 말한다.

내면과 소통하기까지 도움이 필요한 경우가 종종 있다. 혼자서는 도저히 벗어나기 어려운 현실에서 터치해주는 누군가를 만날 때 비로소 소통의 장으로 나아갈 수 있기 때문이다. 자신과의 소통을 이뤄내고 타인과의 관계까지 나아가는 삶은 행복하다. 혼자만 불행했고 혼자만 무거운 짐을 진 것처럼 느껴질 때 누군가 소외된 내면에서 빠져나올 수 있게 도움을 준다면 문제는 쉽게 해결된다. 사람이든 책이든 여행이든 사색이든 어떤 방식으로든 도움이 될 수 있다.

나 역시 한동안 힘든 상황에서 벗어나지 못한 적이 있다. 아무것도 할 수 없는 무기력과 주변과의 단절을 스스로 결정하고 모든 걸 닫아버렸다. 누구와도 소통하고 싶지 않았고 점점 더 자발적으로 고립되고 싶었다. 혼자서는 빠져나올 수 없을 정도로 깊은 굴을 파고 들어갔다. 지금도 완전히 벗어났다고는 할 수 없지만 어느 정도는 나의 내면과 소통하기 시작했다. 이제는 일상에서 나 자신을 중심에 두는 힘도 조금씩 생겼다.

가만히 생각하면 주변과의 소통이 나를 세워주었고 그로 인해 조금씩 나아지고 있다는 희망을 품는다. 그러면서 다른 누군가에게 힘과 용기를 줄 만큼 내면이 제법 단단해졌다.

사람마다 살아온 상황이 똑같을 리 없다. 살아가는 이유가 다르고, 사연이 다르고, 환경이 다르고, 생각이 다르고, 가치관이 다르다.

그렇지만 가장 먼저 자신의 내면과 소통을 통해 자신을 세우고 주변을 돌아보면 어떨까. 누구나 소통이 그리운 시간이 있을 테니까.

# 더 주고 싶은 마음

친구한테 연락이 왔다. "너 사위 보니까 좋제? 나 너무 좋다." 대뜸 이러며 사위 자랑을 쉴 새 없이 한다. 처음에는 딸이 시집가면 잃어 버리는 것이 아닐까 염려되었는데 그와 반대더란다. 딸을 잘 돌봐주는 사람이 생겨 마음 놓고 지낼 수 있어서 좋고, 듬직해서 좋고, 장모한테 살갑게 말해서 좋고, 좋은 점이 끝도 없단다. 사위한테 전화 올 때마다 그 친구는 "우리 집에 와 줘서 정말 고맙네"라는 말을 빼놓지 않고 하고 있다니 사위 사랑은 장모라는 말이 딱 맞다. 장모의 그 말 한마디면 게임은 끝나는 것이 아닐까. 둘의 교류가 짐작이 가고도 남는다.

나와 친구는 성격이 다른 면도 있지만, 나는 아직 사위한테 그런 말을 해 본 적이 없다. 장모 성격이 살갑게 굴거나 섬세하지 못하고 늘 그 자리에 있지, 가까이 다가가 말하는 스타일은 아니다. 그동안 함께 지내오면서 저만하면 됐다 싶고, 그저 마음속으로 성실하고 믿음직스러운 사람이 우리 사위가 되어 줘서 고맙다고 생각할 뿐 표현

초록 미술관

한 적이 없다. 딸과 잘 지내는 것이 고맙고, 나를 어디든 모시겠다고 앞장서는 모습이 고맙고, 아이들 잘 돌보고 가정적인 면도 좋은 점이다. 사위는 장점이 아주 많은 사람이다.

지금은 표현의 시대라고 한다. 표현하지 않으면 모른다. 한 번도 안 해봤던 말을 올해는 시도해보자. 아자 아자. 사위의 반응이 그려져 벌써부터 웃음이 난다.

# 갑과 을

요즘 갑과 을이란 단어가 우리 곁에 바짝 다가온다. 내게도 예외는 아니다. 아이가 살던 집주인이 나가라고 해서 나가려는데 돈은 돌려주지 않고 '현관문 밖에 대리석이 변색되었다, 변기가 막혀 뚫었는데 세입자가 함께 돈을 부담해야 한다'며 트집을 잡았다. 그뿐 아니라 '벽에 결로가 생긴 것도 세입자 잘못이다', 나가달라고 해서 나간다고 했더니 '3개월 전에는 말해야 하는데 이제 와 언제 말했느냐' 다그치며, '원상복구 해놓기 전에는 돈 받을 생각은 하지도 말아라, 뜨거운 물이 안 나온다고 밤늦은 시간에 연락했으니 기분 나빠 참을 수가 없다'며 입에 못 담을 욕을 하고 온갖 트집을 잡으며 하루하루 힘들게 했다.

이 글을 쓰려고 하는데 손이 떨리고 화가 올라온다. 세상이 바뀌었다고는 하지만 여전히 곳곳에서 부당하게 살아가는 소시민이 너무나 많다. 그나마 지금은 세입자 입장을 고려하여 법률이 나아지고 있다지만 여전히 아쉬운 점이 많다.

모임에 나가 타지에서 지내는 아이가 집 문제로 힘들다고 말했다. 대부분 경험이 있다며 공감한다. 한 집에 한두 명의 자녀들은 세입자로 지낸다. 자녀들이 일 년 동안 보증금을 못 돌려 받은 경우도 있고, 몇 달 동안 마음고생한 회원도 있고, 지금까지 보증금을 돌려받지 못하고 있는 회원도 있다. 전·월세 이야기가 나오자 너도나도 말문이 터졌다. 몇 시간을 해도 모자랄 만큼 목소리는 커지고 할 말이 많다. 그나마 내 경우는 양호한 편이라고 해야 할 정도이다.

그 곁에서 조용히 말 한마디 하지 않는 회원에게 시선이 갔다. P는 임대하는 입장이다. 임대하는 입장도 할 말이 많겠지만 우리 목소리가 워낙 크자 그는 조용히 듣기만 했다. P는 계단마다 꽃을 놓아두기도 하고 음식을 하면 조금 더 해서 문 앞에 걸어둔다고 한다. 가끔 세입자 부모님이 방문하면 P를 만나고 가는데 감사하다는 말을 한단다. 가족을 떠나 혼자 지내는 청년들을 보면 자식 같아 마음이 쓰인다고 한다. 그래서 더 관심을 가지게 되고 살펴보게 된단다.

P와 같은 집주인만 있으면 얼마나 좋을까. 분쟁이 생기면 법으로 해결하려고 해도 쉽지 않다. 서로 감정의 골이 깊어지면 끝 간 데 없이 치달으며 해결의 기미는 보이지 않고 서로에게 깊은 상처만 남기 쉽다. 그래도 보증금을 제대로 돌려받을 수 있는 경우는 양호한 편이다. 청년 주택문제는 정치가 바뀔 때마다 회자되지만 어렵기만 하다.

카톡이 울린다. 아이다. 보증금을 돌려받았는데 일부분을 떼고 주더란다. 나머지 돈은 주인이 집을 꼼꼼히 살펴보고 조금이라도 하자가 있으면 돌려받을 생각은 하지 말라고 했단다. 전액을 돌려받았으면 좋겠지만 그만하면 됐다고 대답하는 나 자신도 다른 답을 찾기 어렵다. 언제쯤 서로의 권리를 찾을 수 있을까. 없는 사람은 없어서 아프고, 있는 사람은 있는 대로 할 말 있는 세상이다.

마이클 샌델은 말한다. "자신이 다른 사람보다 낫다는 생각이 들면 그건 행운이 따랐기 때문이며, 그래서 자신이 받은 행운을 나눌 줄 알아야 한다." 어쩌다 운이 좋아 돈을 더 벌고, 운이 좋아 학벌이 좋고, 운이 좋아 좋은 직업을 가졌다면, 그건 행운을 얻었기 때문에 나눌 수 있어야 하며, 이는 공동체의 삶에 보탬이 된다는 것이다. 이런 생각을 하며 살아간다면 지금 내가 더 가진 것에 대해 내 것이라는 생각보다는 공동체에 도움을 주는 마인드로 바뀔 수 있다. 이것이 바로 공정한 삶의 태도라는 거다.

다시 아이가 살 집을 알아봐야 한다. 부디 열린 마음을 지닌 주인을 만나길 소망하는 수밖에 없다.

# 오늘을 위하여

"내 삶은 때론 불행했고 행복했습니다. 삶이 한낱 꿈에 불과하지만 그래도 살아서 좋았습니다. 새벽에 쨍한 차가운 공기, 꽃이 피기 전에 부는 달큰한 바람, 해 질 무렵 우러나오는 노을 냄새, 어느 한 가지 눈부시지 않은 날이 없었습니다. 지금 삶이 힘든 당신, 이 세상에 태어난 이상 당신은 모든 것을 누릴 자격이 있습니다. 후회만 가득한 과거와 불안하기만 한 미래 때문에 지금을 망치지 마세요. 오늘을 살아가세요. 눈이 부시게. 당신은 그럴 자격이 있습니다. 누군가의 엄마였고, 누이였고, 딸이었고, 그리고 나였을 그대들에게 이 말을 꼭 전하고 싶었어요. 감사합니다."

이 대사는 JTBC 드라마 〈눈이 부시게〉에 주인공으로 나온 79세 배우 김혜자의 명대사이다. 제55회 백상예술대상 TV 부문 대상을 수상한 배우 김혜자는 이 대사를 수상소감으로 말했다. 배우 김혜자는 1960년 KBS 1기 공채 탤런트로 연예계에 데뷔했다고 한다.

지인은 수상소감이 화제가 되고 있다며 나에게 카톡으로 보내왔다.

덧붙여 "승경씨!! 오늘을 살아요. 눈이 부시게~~"라고 했다. 언젠가 영화배우 장미희의 수상소감 "아름다운 밤이에요"라는 대사가 떠올랐다. 한동안 화제에 올랐고 지금도 이 말을 기억하고 있는 사람이 많을 것이다.

'눈이 부시게'와 '아름다운 밤이에요'는 현재진행형이다. 현재를 산다는 것은 쉬운 것 같지만 어렵다. 몸은 현재에 놓고 마음은 늘 과거와 미래에 머무는 자신을 자주 발견한다. 과거에 머무르면 안타깝기 그지없고 후회투성이가 된다. 미래는 어떤가. 미래로 가면 희망적이기보다는 근심과 걱정으로 가득한 시간이 된다. 미래는 희망적이고 아름다워야 하겠지만 현실은 그렇지 못하다. 일어나지도 않을 일을 미리 당겨서 걱정하며 산다. 이게 현재를 살아가는 대부분의 모습이 아닐까 싶다. 이럴수록 현재를 살기 위한 마음 챙김이 중요하다. 순간순간 깨어 있어야 한다.

현재를 살지 못하는 삶은 결코 행복할 수 없다. 사실 이론으로는 안다. 그렇지만 온전히 현재에 충실하기는 쉽지 않다. 어느 날부터 나는 현재를 살기 위한 노력을 시작했다. 일이 많아 힘들 때면 '일이 있어 고맙다'로 바꿔 생각하기로 했다. 일이 있으니 시간도 잘 가고 돈도 벌고 얼마나 행복한가. 처음 접하는 일 때문에 고민이 될 때는 '지금 아니면 언제 경험해볼 수 있겠어'로 바꿔본다. 그러면 의욕과 용기가 생긴다.

주말마다 손주들이 오는 것도 큰 기쁨이다. 손주들이 놀다 집으로 돌아가면 몇 시간 동안 정리하고 청소도 해야 하지만 나랑 놀아줘서 얼마나 고마운가. 조금 더 크면 친구들과 놀아야 하고 학원도 다녀야 하니 자주 만나기 어려워질 것이다. 손주들과 만남은 내게 선물이다.

도서관에 근무해서 좋겠다는 말을 들으면 사서는 책을 만지는 직업이고 책 읽기는 어렵다고 입버릇처럼 말한 적이 있다. 다시 생각해 보면 날마다 나에게 웃음을 주는 아이들이 있어 얼마나 기분 좋고 소중한가. 아이들이 아침 일찍 문을 열기도 전에 도서관 앞에서 기다려주고, 새로운 책이 들어왔을 때 보이는 아이들의 반응을 보면 대견하고 고맙다. 아이들이 찾지 않는 도서관은 존재할 이유가 없다. 내게는 도서관에 근무하지 않았다면 만나지 못했을 다양한 장르의 책을 만나는 것도 가슴 벅찬 일이다.

마음을 바꾸자 모든 것이 새롭고 사랑스럽다. 모임이 많다는 것은 나를 불러주는 친구가 많다는 것이다. 아무도 안 불러준다면 얼마나 외롭고 쓸쓸할 것인가. 가만히 느껴보면 일상의 모든 것이 행복을 주는 요소가 될 수 있다. 마음을 온전히 현재에 두면 날마다 새롭고 감사할 일이 많다. 모든 것은 마음먹기에 달렸다.

명배우들의 명대사. 현재를 충실히 살아왔기에 더욱 아름답고 공감을 얻을 수 있는 것이 아닌가.

오늘을 살자. 즐겁게 살자. 순간순간 깨어있자. 지금 여기를 위하여.

# 2월이 말 걸어온다

2월이 좋다. 떠들썩한 1월에 묻혀 보이지 않을 수도 있는 달. 봄이라는 선을 그어주는 3월에 비해 조용히 자신을 드러내지 않는 달. 젊을 때는 새로운 시작을 알리며 당당하게 다가오는 1월이 좋았다면 지금은 찬찬히 돌아볼 수 있는 2월에 정이 간다. 1월에 거창하게 계획 잡던 일들이 작심삼일로 끝나고 모든 것이 제자리로 돌아와 이전과 별 차이 없다고 느낄 때쯤 맞는 2월은 용기를 준다. 늦지 않다고, 천천히 돌아보라고, 나 자신을 생각해 보는 기회가 되는 달이다.

가끔 2월에 졸업생이 찾아온다. 아직 자리를 지키고 있음이 무척 반갑다고 하면서 가장 기억에 남는 일은 선생님이 말을 걸어 줄 때였다고 한다. 책에 대해 아는 척 했던 일, 반납할 때 하는 짧은 구두 토론, 고학년에게 권했던 그림책에 대한 추억들이 좋았다고 한다. 다행이다. 아이들한테는 조용히 하라고 하며 큰소리로 아는 척 떠들었는데 누군가에게 괜찮았다니 얼마나 고마운 일인지. 이럴 때 보람과 함께 아이들을 멀리서 바라볼 기회가 된다.

초록 미술관

2월은 준비 기간이다. 농부가 봄을 준비하듯 내가 하는 일도 준비하고 마음도 다지는 시기이다. 한 해를 맞으며 메모해온 것들에 대해 되짚는 시간이다. 제목만 적어 둔 책도 읽을 수 있고, 그동안 만나지 못한 지인들과 만나 식사를 하며 대화하는 소중한 시간도 가져보고, 도서관에 오는 아이들 맞을 준비를 할 수 있어 좋다.

2월이 말을 걸어온다. 제목조차 가물거려지는 영화를 다시 보는 호사도 누린다. 그중에 좋은 기억으로 남아 있는 영화 한 편을 골라 다시 본다. 영화 〈플립〉이다. 〈플립〉은 내게 시사하는 점이 크다. 주인공 줄리와 브라이스가 엮는 이야기지만, 그 중심에 브라이스의 할아버지와 줄리의 아버지가 있다. 어른은 아이들에게 어떠한 존재여야 하는지, 어떠한 역할을 해야 하는지, 아이들과 어떻게 소통하며 다가가야 하는지를 알게 한다. 줄리의 아버지는 결핍을 수용하면서 극복하려고 노력했다. 줄리에게 말한다.

"항상 전체 풍경을 봐야 한단다. 그림은 단지 부분들이 합쳐진 것이 아니란다. 소는 그냥 소이고, 초원은 그냥 풀과 꽃이고, 나무들을 가로지르는 태양은 그냥 한 줌의 빛이지만 그걸 모두 같이 모은다면 마법이 된단다."

그리고 브라이스의 할아버지는 브라이스에게 말한다.

"어떤 사람은 평범한 사람을 만나고, 어떤 사람은 광택 나는 사람을 만나고, 어떤 사람은 빛나는 사람을 만나지. 하지만 모든 사람은 일생에 단 한 번 무지개 같이 변하는 사람을 만난단다. 네가 그런 사람을 만났을 때 더 이상 비교할 수 있는 게 없단다."

명대사는 시간이 지나도 가슴에 남아 그 영화를 생각나게 한다. 그리고 뒤를 돌아보게 한다. 나아가 내가 만날 아이들을 대하는 마음까지 배운다.

여유를 누리다 보면 2월은 달려간다. 하루하루 가는 날이 아쉬워 탁상달력에 깨알 같은 글자를 새겨 넣고 새로 만날 아이들을 생각한다. 2월에 가졌던 꿈과 희망이 변하지 않기를 소망한다. 다시 시작이다.

초록 미술관

# 집중과 선택

살아가는 일은 집중과 선택의 연속이다. 작은 결정에서부터 큰 결정에 이르기까지 하루도 그냥 지나치는 법이 없다. 가장 가까이에서 늘 함께하는 단어이다. 선택選擇은 '여럿 가운데서 필요한 것을 골라 뽑음', 집중集中은 '한 가지 일에 모든 힘을 쏟아부음'이라는 사전적 의미가 있다.

특히 선거에서 선택은 제대로 해야 하고 선택을 제대로 하기 위해서는 집중을 해야 한다. 선거의 종류는 많다. 국가를 책임질 대통령 선거부터 소그룹의 모임 장까지 크고 작은 선거와 항상 함께한다.

며칠 전 다비드 칼리가 쓴 『늑대의 선거』라는 그림책을 만났다. 내용이 공감되어 재미있게 읽었다. 농장의 대표를 뽑는 선거에서 늘 나오던 후보 외에 새로운 동물이 등장한다. 바로 늑대 파스칼이다. 파스칼의 공약은 '항상 당신 곁에 있는 친구가 되겠습니다'이다. 새로운 후보는 금세 모두에게 주목을 받기 시작한다. 파스칼은 매력적이고, 친절하고, 말솜씨도 좋고 농장의 모든 동물을 만나 인사하고 누구나와 사진 찍기를 좋아한다. 언론에서는 날마다 파스칼은 멋있고 다정하며 똑똑하고 미남이라고 말한다. 텔레비전에 출연한 파스칼이 자신의 생각을 조리 있게 말하자 동물들이 열광한다. 모두 파스칼 쪽으로 몰아가는 밴드왜건 효과가 극에 달한다. 선거가 가까워지자 다정하고 유머 감각이 뛰어나고 지적이기까지 하다며 파스칼 쪽으로 점점 기운다. 투표 결과 당선자는 바로 늑대 파스칼이다.

파스칼이 대표가 되고 비서와 장관들이 꾸려졌다. 하지만 다음 날부터 양이 사라지고 닭과 생쥐도 사라진다. 수사 결과는 황당했으며 사라지는 동물들의 수는 점점 늘어난다. 사라지는 동물에 대하여 호소해봤지만 누구도 나서서 도와주려 하지 않는다. 참을 수 없던 동물들이 모여 파스칼의 집무실을 찾아간다. 경호원은 초대받지 않은 분은 대표님과 만날 수 없다는 말만 되풀이한다. 화가 난 동물들이 문을 부수고 들어가자 대표와 장관들은 만찬을 즐기는 중이다. 그런데 지금까지 사라져 갔던 바로 그 닭을 먹고 있다. 분노한 동물들이 속은 걸 알고 다 몰아낸다.

이번에는 정말 제대로 된 대표를 뽑겠다며 다시 선거를 한다. 처음에 늑대 파스칼에게 패했던 돼지 피에르는 '모두에게 더 많은 진흙을', 암탉 잔느는 '알을 낳지 않을 자유를 위하여', 생쥐 형제는 '치즈로 하나 되는 사회를' 공약으로 내걸고 다시 출마한다. 이번에도 새로운 후보가 등장한다. 여우 제라르다. 여우는 '당신의 친구는 나의 친구'라는 공약을 내걸었다. 동물들은 호기심을 보인다. 특히 양들은 "괜찮은 후보 같다"는 말을 하며 이 책은 끝이 난다. 책은 시원함을 주기보다는 속이 거북하고 내려가지 않는 체기가 생기게 한다.

작가는 많은 걸 시사한다. 공약에 대해 어디까지 믿어야 할까? 모든 말은 진실일까? 라는 의문이 들게 한다. 그림책 표지는 핑크 바탕이다. 다음 장을 넘기면 확연히 다른 색이 나온다. 이건 무엇을 의미할까? 그림책 전문가는 아니지만 겉과 속이 완전히 다름을 의미하는 것이 아닐까. 핑크빛 공약에서 그야말로 빈 공약이 되고 마는 선거로 인해 동물 농장에서는 어마어마한 일이 일어난다. 잘못된 선거의 결과가 얼마나 무서운가를 이야기한다. 그러면서도 그릇된 선택을 반복하게 되고 똑같은 실수는 줄어들지 않는다. 집중 없는 선택은 실패하기 쉽다.

얼마 전에 전교 어린이 선거가 있었다. 공약을 내 건 벽보를 유심히 살펴봤다. 저마다의 공약이 다채로웠다. 이런 경험은 바람직하다. 선거에 나간 학생도, 선택을 해야 하는 학생도 어릴 때부터 경험을 통해 집중과 선택의 중요함을 알아가게 될 것이다. 자신이 선택한 후보의 역할이 미흡하다고 느끼거나 자신이 선택하지 않았지만 무척 바람직한 후보도 만나게 될 것이다. 이런 과정을 통해 성장하고 그 성장의 배경은 어른이 되었을 때 큰 도움이 된다.

매 순간 집중과 선택을 해야 하는 것이 삶이고, 그 선택에 후회와 미련은 늘 있기 마련이다. 그러나 최선을 다한 선택은 아쉬움이 적다.

2022년은 크고 작은 선거가 있다.

초록 미술관

# 그 많던 작가와 출판사는 어디로 갔을까

　시간이 흐른다. 얼마나 빠르면 물처럼 흐른다는 표현을 쓸까. 흐르는 시간에 발을 담갔다 이내 빼는 사람, 담그려고 폼만 잔뜩 잡아놓고 들어가지 못하는 사람, 센 물살에 부딪혀 물을 잔뜩 머금어도 또 시도해보는 사람, 파도처럼 센 물살은 자신의 것이 아니라며 작은 웅덩이만 찾아다니는 사람, 냇물에서 시작해 큰 강에 이르는 사람, 이렇듯 흐르는 시간을 자신의 것으로 만드는 방법도 다양하다. 시간이 흐르는 것을 인지하는 사람은 시간의 마디마디를 허투루 넘기지 말아야 한다.

　얼마 전에 도서관의 책 이천 여권을 폐기하게 되었다. 늘어나는 책을 비좁은 서가에 꽂기도 어렵고 오래되거나 낡은 책은 손이 잘 가지 않고 자리 차지만 하는 경우가 대부분이다. 그렇지만 책을 폐기한다는 것이 쉬운 일이 아니다. 오랫동안 함께 했던 작가와 이별을 해야 하는 아쉬움이 크다.

　책이 조금씩 쌓여간다. 탁자에 책 높이가 올라갈수록 내 마음도 무겁다. 작가와 출판사의 노고를 생각하면 한 권 한 권 다 귀하고 소중하다. 그러다 문득 이 많은 작가와 출판사는 어디로 갔는지 궁금했다. 유명세를 타며 집마다 적어도 한두 권씩은 다 있을 만큼 알려졌던 출판사는 흔적도 없이 사라진 곳이 여럿이다. 작가도 그렇다. 한때 이름만 들으면 다 알만큼 알려진 작가는 또 어디로 간 걸까. 한 권의 명작을 남기는 것도 중요하지만, 더 나아가지 못하는 것도 안타까운 일이다. 시간의 흐름을 받아들이지 못하고 사라져간 작가와 출판사들이 쌓아놓은 책을 통해 눈에 들어와 며칠간 씁쓸했다.

시간이 흐르면서 과거의 영광은 더는 현재의 쓸모로 남아 있지 않다. 과거의 영광을 뒷받침할 수 있는 것은 끊임없는 현재의 몰입이 아닐까. 그렇지 않으면 금방 잊힌다. 지금까지 꾸준히 달려온 작가와 출판사의 책은 낯설지 않고 친숙하게 다가와 또 읽고 싶어진다. 둘 다 현재진행형일 때 의미가 크다. 나이에 구애받지 않고 항상 현역으로 집필하는 작가를 보면 반가움을 떠나 존경스럽다. 작가가 한 작품으로, 출판사는 몇 권의 출판으로 옛 명성을 믿고 버티기만 한다면 외면당하기 쉽다.

변화를 거듭할 때 흐르는 시간을 놓치지 않고 사는 것이 아닐까. 아무리 과거에 알려진 작가라고 해도 끊임없는 노력과 변화를 하지 않으면 지금 여기서 멀어질 수밖에 없다. 출판사도 마찬가지다. 잊혀지는 주기는 점점 빨라지는 추세이다. 얼마나 많은 작가가 새롭게 떠

초록 미술관

오르고 사라지며, 얼마나 많은 출판사가 생기고 사라지는가. 유행과 인기를 얻기 위해 따라갈 필요는 없다 하더라도 변화는 필요하다.

그 많던 작가와 출판사는 어디로 간 걸까. 책을 폐기하면서 작가와 출판사 입장이 되어 독자의 손을 떠나야 하는 안타까운 마음이 들기도 한다. 변화를 위해 시간의 흐름에 최선을 다해야 앞으로 나아갈 수 있다는 생각이 든다. 그 변화는 지금 여기에 있기 위한 중요한 요소가 된다.

다음 도서 폐기의 절차를 밟을 때 또다시 흔들리고 마음이 아플 수 있겠지만 이후로는 조금은 쉬워졌으면 좋겠다.

# 콩 까기

　콩을 깐다. 갈색빛 콩꼬투리는 콩알이 단단하다. 살살 흔들어 보면 껍질이 얇고 안에서 소리가 나며 잘 여물었다. 잘 여문 콩은 햇빛에 말렸다가 물에 불려 밥에 넣어 먹으면 된다. 보관하기도 좋고 오래 두고 먹을 수 있다. 노란빛 콩꼬투리는 콩알이 꽉 차서 흔들어도 흔들리지 않는다. 껍질을 까면 콩도 노란빛으로 콩알이 굵고 부드러워 바로 먹기 좋은 콩이다. 콩꼬투리가 파랗고 두꺼워 손이 아플 만큼 까기 어려운 것은 콩알이 덜 여문 것이다. 힘들게 까도 먹기는 어렵다.

　콩 까기는 수련 과정 같다. 앉았다 누웠다, 간식 먹다 텔레비전 보다, 책을 보다 또 콩을 깐다. 시간이 지날수록 허리가 뒤틀리고 손톱이 아파서 피가 날 것 같다. 엄지손가락에 무리가 왔는지 관절은 욱신거린다. 언제쯤 끝날까 싶다가도 하루에 끝내기는 무리다 싶어 바닥에 벌러덩 드러눕기를 수도 없이 반복한다. 그동안 콩을 까서 준 얼굴들이 보였다. 넙죽 받아 열심히 먹지도 않고 몇 년씩 묵혀둔 병에 든 색색의 콩이 눈에 들어온다. 물 마시러 갔다가 병에 든 콩을 살살 흔들어 봤다. 늘 그 자리에 있어 필요한 줄도 귀중한 줄도 몰랐는데 콩 너는 오랫동안 내 손길을 기다려 주었구나, 싶어 저녁밥을 짓기 전에 한 줌 꺼내 물에 담근다.

또 콩을 깐다. 노르스름한 콩꼬투리 속에 딱 붙어 떨어지기 싫어하는 콩이 나왔다. 처음에는 세 알, 네 알이 붙어있는 콩이 나오더니 또 다섯 알씩 붙어있는 콩이 나왔다. 거실 바닥에 놓고 자세히 보는데 헤어지기 싫어하는 다정한 가족 같기도 하고 가지런히 난 이빨 같기도 하다. 핸드폰으로 사진을 찍어 카톡에 올렸다. 신기하다는 반응이 올라온다. 콩이라는 사실을 알고 깜짝 놀란다. 콩이 이렇게 아름다운 것은 처음 봤다는 반응도 적지 않다. 그때 콩을 까면서 켜놓은 텔레비전에서 '동행'이라는 프로그램이 나온다. 이주여성이 아이 둘을 키우며 힘든 일을 해내는 모습이 방영되었다. 가족이 함께 살기 위해 가장이 된 엄마는 소 키우는데 가서 볏단을 깔고 소똥을 치우며 일을 했다. 방금 깐 노란빛 콩처럼 가족이 단단하게 뭉쳐 동행하는 모습이 감동을 준다.

콩을 통해 친구를 본다. 친구네 농장은 도심에서 그리 멀리 않은 곳에 있다. 친구 부부는 채소를 심어 지인들과 나누고, 온갖 꽃을 심어 사계절 아름다운 추억을 선사한다. 농장에 갈 때마다 친구의 사랑을 듬뿍 담아온다. 콩 이름은 동부라고 했다. 동부를 농장 가장자리에 심었는데 콩꼬투리가 실하고 알차게 자랐단다. 내가 딴 콩에 친구가 딴 것을 보태 커다란 자루에 가득 담아 준다. 일 년 내내 먹어도 될 만큼이다. 고운 친구 마음이 보여 다 받아 왔다. 정성 담아 거름을 주고, 콩 모종을 심고, 물을 주고, 흙을 덮어 정성껏 가꾼 친구가 콩 속에 보인다. 친구는 오래 보관하고 싶은 잘 여문 갈색빛 콩 같다.

콩 까기는 이틀에 걸쳐 마무리되었다. 콩 까는 일은 쉽지 않다. 까 놓은 콩을 본다. 저마다의 빛을 지닌 콩이 반짝반짝 보석처럼 빛난다. 콩은 오랫동안 두고 먹어도 좋은 것과 지금 바로 먹기에 좋은 것, 덜 여물어 먹기 어려운 것으로 분류한다.

손끝 감촉으로, 눈으로, 마음으로 콩이 내게 적지 않은 말을 건다. 사람이 살아가는 일, 주변과의 관계도 콩이 익은 정도처럼 크게 다르지 않다. 나는 누군가에게, 누군가는 나에게 어떤 여물기 정도에 머무르게 될까. 이제 콩은 그냥 콩이 아니다. 그렇게 콩은 내게로 왔다.

# 소확행

가끔 만나는 모임이 있다. 뭘 먹을까, 장소는 어디로 할까, 고민하며 카톡을 주고받다 몸에 좋은 것을 선택하자는 쪽으로 결론이 났다. 고기보다는 채소를, 시끄러워 말소리가 들리지 않을 정도의 맛집보다는 유명하지 않더라도 편안하고 여유로운 식사를 할 장소로 정했다.

식당 입구부터 쌈 채소를 수경 재배하는 모습을 볼 수 있도록 해놓았다. 신기해하는 일행을 보고 유리 안으로 들어간 주인은 몇 줄기 따서 먹어보라며 내민다. 보글보글 살아있는 잎사귀며 짙은 초록 향기가 입과 코에 가득 전해 온다. 향기만으로 이 식당을 찾은 충분한 만족감이 든다.

식사가 나오기 전부터 수다를 떨기 시작한다. 중년이 되면서 화제는 자연스럽게 건강으로 넘어간다. 지금껏 가족을 위해 정신없이 달려왔고, 가족의 기분에 따라 우리 기분도 좌우되었던 예전 모습과는 다르다. 한 사람 한 사람이 건강에 대한 다양한 지식을 지녔으며 실천하고 있다. 들어봐도 이해되지 않아서 나는 귀만 연다. 언제 그렇게 박사급이 되었는지 물었더니 다들 지병을 앓고 있단다. 우리 나이가 되면 한 가지 이상은 달고 산다고 한다. 신장, 당뇨, 혈압, 대장, 골밀도 등 다양한 단어들이 나왔다. 어떤 병에는 무엇이 효과가 있으며 몸에 과하게 공급되면 더 큰 문제가 된다는 말로 한동안 화제는 깊어진다. 대화의 결론은 다들 현재를 사랑하고 소박하게 먹자는 거였다. 마음이 즐거우면 몸도 즐겁다. 몸과 마음은 함께이다.

뭐든 과하면 문제는 커진다. 몇 해 전 유럽 여행을 갈 때 초보자답게 너무 많은 짐을 챙겼다. 필요한 것이 아니라 필요할 것 같은 것은 작거나 큰 것 모두 가방에 넣다 보니 아무리 큰 가방이라도 넘쳤다. 돌아올 때 늘어날 짐은 생각하지 않고 욕심을 냈다. 여행 일정의 반이 지나갈 무렵이다. 바르셀로나에서 마드리드로 오는 고속철도를 타고 내려서 광장으로 들어서려는 찰나 캐리어는 내 마음처럼 움직여주지 않았다. 결국 오른쪽 손목이 회전하면서 꺾이고 말았다.

통증이 시작되었다. 오른손으로 아무것도 잡을 수가 없다. 통증은 날마다 더 심해졌다. 다행히 자유여행 중이라 일정을 좀 느긋하게 잡았다. 일행이 짐을 들어주고 약국에 들러 처치를 해봤지만, 임시방편이다. 동행한 지인들한테는 미안하고 기분 좋아야 할 여행은 우울했다. 지인들은 짐을 간단하게 준비했지만 여행하는데 아무런 불편이 없다고 한다. 여행을 마치고 집에 돌아와 챙겨간 짐가방을 정리하며 웃음이 났다. 전혀 사용하지 않은 물건이 적지 않다. 그 이후 병원 치료를 한동안 받았다. 지금도 손목을 많이 사용하면 통증이 재발한다.

글도 힘을 빼야 한다. 책을 읽다 보면 편안하고 정감 가는 글이 있다. 이런 글은 끝까지 손을 놓지 않게 된다. 오랜만에 꼭 만나고 싶은 사람을 만난 듯 반갑고 사랑스럽다. 어떤 글은 아는 것을 드러내고 싶어 큰 트럭에 여백 없이 짐을 가득 실어 놓은 것처럼 답답하고 부담스럽다. 이내 책장을 덮고 싶어진다. 이런 글은 다시 만나고 싶은 마음이 사라진다.

언어에도 온도가 있다는 말을 공감한다. 자랑하고 싶어 하는 말과 겸손이 배인 말은 차이가 있다. 겸손하고 배려하는 말을 하는 사람 주변에는 항상 사람이 많다. 잘난 척하는 말과 차가운 말을 일삼는 사람은 피하게 된다. 만날수록 상처를 받는다.

나이 들수록 바늘구멍 하나 들어갈 틈이 없는 사람이 있는가 하면 넉넉히 품을 줄 아는 사람이 있다. 사용하는 언어를 보면 그 사람의 지나온 시간이 보인다. 지인 중에 한 분은 베풀되 상대방한테 부담을 전혀 주지 않는다. 함께 밥을 먹어 줘서 고맙다는 말로 슬그머니 계산한다. 미안한 마음을 갖지 말라는 말을 이렇게 행동으로 하는 것이다. 겸손하고 작은 것도 나누고 싶어 하는 사람과 함께한다는 것은 늘 기분 좋은 일이다.

『조르바의 인생수업』에서 장석주는 이렇게 말한다.

"지금 여기에서 행복을 느끼려면 단순하고 소박한 마음이면 족하다. 포도주 한 잔, 군밤 한 알, 허름한 화덕, 바닷소리, 단지 그뿐이다."

욕심내기보다 단순한 것을 즐기는 삶. 함께 밥을 먹고 이야기를 나눌 지인이 곁에 있다는 것. 너무 과하지 않은 말과 행동. 건강을 챙기면서 지금 여기를 사는 삶. 작은 것에 만족하며 감사하는 삶. 이런 것들은 소소한 듯하지만 확실하고 큰 행복이다.

초록 미술관